U0068005

歷史小說「三部曲」之 三

大唐才子蒙難傳奇

關慕中 —— 著

峨嵋山外雨瀟瀟　大唐詩海掀巨濤

一部描寫禪宗詩俠護救三大詩人的文學史小說

天空數位圖書出版

目 錄

引子

　　唐朝安史之亂初期，詩仙李白、詩佛王維與詩聖杜甫紛紛
遇險；至禪門門主隨即派遣三大弟子前往護救三大才子……

大唐才子蒙難傳奇

第一回

胡沙滾滾鴻雁哀
詩人有難入夢來

1．玄宗避難

離大門前五十步之外，有兩位少年正在狂奔；而兩隻大野狗則緊跟在他們身後狂追、狂吠不已。

突然間，兩位少年腳步停了下來，彼此偷偷一笑之後，立即轉過頭用雙眼狠狠瞪著兩隻大野狗。大野狗冷不防被他們炯炯的眼神一凝視，馬上收腿，發出悲鳴的叫聲，隨即夾著尾巴就逃跑了。

「師父！不好啦！安祿山起兵造反啦！」

「師父！不好啦！長安淪陷，皇上逃到我們成都來避難啦！」

兩位少年一前一後地推門跑進院子裡，邊跑邊對著屋內大聲喊叫。屋內坐著一位正在閉目打坐的老者，老者右邊站著一位少女。

身穿藍衣的第一位少年，法號「凌絕頂」，今年剛滿十八歲，身長七尺，氣宇軒昂，體型健碩；身穿白衣的第二位少年，法號「獨幽篁」，比凌絕頂少一歲，身長八尺，長得眉清目秀，溫文儒雅。他們二人是師兄弟的關係。身穿紫衫，鬚髮全白，神采飛揚，頂插青龍簪的老者，法號「柳至禪」，今年快到耳順之年；站在他身旁，頭戴翠玉釵，身穿石榴裙，柳眉杏眼，櫻桃小口，出落得婷婷嫋嫋的少女，法號「雲想容」，正值二八年華，是兩位少年口中的「師妹」。他們師徒四人住的宅院則叫做「柳蟬居」，路人從大門外是看不到宅名的。

「絕頂！幽篁！瞧你們慌慌張張的樣子，你們倆真的親眼見到了當今皇上？」柳至禪聽到兩位徒弟奔入屋內，便即刻張開眼睛問道。

「我們只見到了皇上的車駕跟護衛皇上的羽林軍，因為不能靠得太近，所以無法看到皇上的面目。」凌絕頂氣喘吁吁地答道。

「大師兄，二師兄，你們有沒有看到才女楊貴妃？我最欣賞她作的那首：石榴花開似彤雲，美人搖步酒初醺；昔日百官盡迴避，今朝跪地拜紅裙。她長得是不是雍容華貴，明豔照人？」雲想容早已仰慕楊貴妃的詩才與容貌，而且跟當時的少女一樣，最愛仿效她的衣著打扮，所以趕緊插嘴問道。

「我們沒注意到楊貴妃！也許她正躺在皇上的懷裡，用她的纖纖玉手餵皇上吃荔枝也說不定呢！」凌絕頂一邊喘著，一邊笑著對雲想容說。

「說不定兩邊都有豔麗嬌媚的妃子在搶著餵皇上吃呢！」獨幽篁也上氣不接下氣地打趣道。

「絕頂！幽篁！你們倆別再逗你師妹了！皇上既然是逃來我們蜀地成都避難，哪還有閒情逸致去吃妃子們親手餵的荔枝！就算荔枝再大再甜，他吃起來也會覺得格外苦澀呢！」柳至禪撫髯笑道。

柳至禪說得的確有道理，事實上，安祿山在天寶十四年冬天起兵之後，不到半年的時間先後就攻破了洛陽與潼關，直逼長安城。天寶十五年六月，玄宗帶著楊貴妃一行人馬倉皇由側門準備偷偷逃往成都避難。然而，車隊才行駛到附近

的馬嵬坡,就發生了兵變,六軍將士逼得玄宗的愛妃楊玉環自縊,這是玄宗第一件痛心疾首的事情;第二件更令他怒火中燒的事情是,太子李亨沒經過他的同意就自行在靈武〔寧夏區〕即位,於是他就成了沒有實權的「太上皇」。

雖然,成都百姓消息不靈通,還以為他仍然是當今天子,還對他萬分歡迎。其實,他心裡明白:自己就像是拔了華羽的丹鳳一樣,再也無法大展雄風了。本來八月五日是他的壽辰,如果長安安然無恙,他就可以熱熱鬧鬧地大肆慶祝一番,如今狼狽地逃到成都來避難,就算有人替他祝壽,他也沒這個心情了。

「師父!弟子聽說安祿山手裡有幾十萬大軍,個個驍勇善戰!不曉得安祿山那逆賊的大軍會不會打到我們成都來?」獨幽篁問道。

「師父!弟子還聽說安祿山豢養了好幾位武藝高強的劍客,個個甘心為他賣命呢!真有此事嗎?」凌絕頂也順勢問道。

雲想容見兩位師兄都開了腔,她也不得不低聲問道:「師父,絕頂與幽篁兩位師兄講的是不是真的?」

看到三位徒弟臉上的疑惑神情,柳至襌這時起身說道:「大家聽著!方才絕頂與幽篁兩人聽到的都是傳言,不足採信!成都自古即為天險之地,易守難攻,安祿山的胡兵是進不了我們成都的!再說,朝中還有許多大將率領軍隊在北方牽制他的兵馬,讓他不敢南下!所以,我們照樣吟詩、照樣作對聯,一點也用不著擔心!就算是安祿山那逆賊闖進我們

『柳蟬居』，只要他不會吟詩作對聯，為師照樣把他一腳踢出大門外，讓他屁滾尿流地爬回家！」。

聽了柳至禪的這一番話，三人的臉上頓時都露出了笑容。

唐朝詩風鼎盛，幾乎到了人人能吟詩的地步。然而作對聯，也就是作「二句詩」卻還在起步階段，只有極少數詩人、雅士、高道和禪師會使用這種脫離律詩自成一體的對偶文句，甚至將它書刻於柱子上，一直要到五代之後才普及於民間。柳至禪便是宣導對聯的先驅之一，由於他本人的愛好與重視，他的三位弟子也必須跟著學習這種詩意盎然的新文體。

2・詩仙被捕

從當天半夜裡起，不知怎麼的柳至禪連續三天做了三個奇怪的夢。夢裡有三位大詩人向他暗示，他們三人正身處險境，急需俠肝義膽之士前往搭救。

第一天進入他夢境的人物就是後人尊稱為「詩仙」的大才子李白。

一身仙風道骨，道士打扮的李白，在夢裡對他說道：「我李白自小就有詩才，七歲時就寫了一首：胸懷凌雲志，氣壯如金鼇；燕雀莫相隨，飄然已九霄！的〈詠大鵬〉五言詩，十五歲時便讀過隱士東岩子趙蕤寫的奇書《長短經》，於是自己心目中的英雄都是些像管仲、張良、諸葛亮和謝安這些將相謀士之材。二十多歲起，我離家仗劍雲遊，幾乎遊遍了天下名山。當然，每遊一回名山，我就會作詩歌詠，發抒胸懷。興趣濃時，甚至還會題詩於壁，作為紀念。

有一次在遊覽峨嵋山飛霞寺時，無意中在牆壁上看見一幅違反常理的對聯：狐狸橫走飛似豹，螃蟹直行快如鷹。落款人為『柳至禪』。

我就想：柳至禪是何許人也，為何也喜歡於壁上題聯？

又有一次，我遊覽終南山時，在捉月峰一塊大石碑上再度題了一首登仙詩。我想，您一定知道，當今皇上非常崇拜老子，非常喜歡道教，還因此蓋了許多富麗堂皇的宮祠。我自己也時常幻想羽化登仙的無上妙境，為此，我還當了正式的道士呢。

北嶽嵩山共有三十六峰，峰峰奇絕，是我最愛遊覽的勝地。在嵩山白鹿峰白鶴洞中，我一時詩興大發，又題了一首五言詩。

我想，華山應該不會再見到您題的奇詩怪聯了吧？沒想到我錯了！在華山玉女峰的玉女石上我又看見了您刻的一首妙詩：老子拜莊子，三皇夢始皇；八儀生兩卦，秋水滿春塘。真是怪異極了！我想，您可能是寒山與拾得兩位高僧的高足吧？

我左看右看總覺得雕刻的痕跡不像是用鐵器鑿的。我正在納悶時，一個小和尚忽然走了過來，對我說：『這位施主，您是不是懷疑這些個字不是用鐵器鑿的？』

我點頭說：『是有點懷疑！』

小和尚一聽，哈哈大笑道：『這位施主，您的懷疑是對的！在華山，誰人不知道這首詩是至禪門門主柳至禪大師用手指刻出來的傑作？』

『用手指能把岩石刻出這麼深的字來，可見他的內力有多深厚了！』我一臉訝異地說道。

『那當然啦！小僧聽說柳門主常常騎著白鶴在華山五大峰之間飛來飛去，而且他的武功高深莫測，他只要皺一皺左邊的眉毛，右邊的大樹就會轟然倒下；豎一豎左邊的耳朵，右邊的岩石就會裂成兩半；根本用不著運氣發掌！』小和尚越說越起勁。

『小兄弟，你能帶我去見見這位奇俠嗎？』我也越聽越覺得萬分好奇。

『恐怕要讓施主失望了！因為柳門主神龍見首不見尾，從未有人見過他的真面目，您若真想見他一面的話，有空不妨往龜蒙山走一趟，運氣好的話，說不定會遇著他，讓他傳您絕世武功呢！』小和尚一臉歉意地說道。

『為何在龜蒙山就會遇到柳門主呢？』我聽了小和尚的話之後，心裡頭又是一團疑惑。

『小僧也不知道為什麼！聽人說，好像是龜蒙山那裡的仙氣很旺，曾有仙人騎著神龜在泰山與此山間日夜漫遊，也許柳門主很想到那裡去沾點龜仙之氣吧！至於是否如此，小僧就不得而知了！』小和尚說道。

『不管是不是，我都要謝謝小兄弟的指點了！』我笑著向小和尚表達謝意。

『施主別客氣！小僧在此祝施主一切順利平安！』小和尚合掌說道。

　　說真的！聽小和尚談起您那出神入化的指功，我還真有點想學學呢！如果我也能用手指在牆壁或岩石上刻些入木三分的大字，那麼五嶽或者各地名山古剎，我可以題詩的地方就更多了。因為用毛筆在岩石上題詩，一場大雨就模糊不清，甚至不見了蹤影。以手當筆，刻入石上，就可不怕日曬雨淋，就能永垂不朽！那該多好啊！至於皺皺眉毛、豎豎耳朵，就能產生驚天動地的震撼力，更是我夢寐以求的武學境界啊！

　　巧的是，我正約好友杜甫準備十天後一塊去龜蒙山拜訪道人元丹丘，向他討教一些羽化登仙的秘訣。因為元道人是我的故友，當年就是由於他牽線的關係，我才有機會被皇上徵召進京，在翰林院享受國政顧問的殊遇。他能推薦我給皇上當翰林供俸，就表示他道行高深，朝野景仰。說不定他早已練成長生不老的仙丹，只是不輕易示人吧了！於是我心想，希望能在龜蒙山遇見您，也順便向您討教一下至禪門的武功與道學。

　　我與杜甫在龜蒙山招仙臺住了三天三夜，每天都沐浴在仙靄神霧中，還親眼看見元道人生爐煉丹，煉完丹之後，我們三人各服下了一粒，一時間飄飄欲仙，彷彿自己騎著仙鶴在蒼天遨遊，好不逍遙。可是，半晌之後，我們三人都口吐白沫，昏厥過去。等我們醒來時，卻發現桌上留有張一紙條，上面寫者：『見三位高士服錯丹藥，昏迷不醒，在下乃運用真氣將毒素驅除。盼蘇醒之後，勿再濫服丹藥，切記！切記！倘若有緣，他日廬山再會，共同賞景論詩！至禪門柳至禪拜上。』

　　『柳門主他人呢？我得當面向他致謝才是！』看完您留下的紙條後，我與杜甫即刻起身去追趕您，可惜還是失之交臂。

『太白兄！既然柳門主說，他日廬山再會，那麼，吾兄就等有閒暇雲遊廬山時再當面向他致謝也不遲！』好友杜甫安慰我道。

『好吧！也只能這樣了！』我帶著勉強的笑容回答道。

後來，我與杜甫的確去了廬山一趟，廬山風景之秀麗真是令人神往。光是瀑布之壯觀就如同銀河垂掛九天一般。不過，很可惜的是，在廬山並未見著您。我這次再去廬山，純粹是去避難的。因為安祿山那逆賊已經起兵造反，我只好帶著妻子輾轉前往廬山暫時隱居。其實，早在天寶十一年時，我就曾隻身前往幽州探查安祿山的舉動。當時我就發現他在暗地裡招兵買馬，意圖不軌。然而皇上已被小人蒙蔽，哪還會相信我的忠言？所以我也就將此事擱在心裡，沒去找人向皇上進言了。現在想想，還真有點後悔。

在廬山五老峰的一間寺廟裡，我只看到了您的題壁詩，卻始終見不到您的身影。我想，這大概是很久以前您來廬山時在寺壁所題的詩吧。您的詩寫道：**半根兔角長千尺，三把牛毛重萬斤；醉翁戒酒酒亂性，丹鳳無羽羽猶新。**真是誇張、不合理到了極點！我以前也寫過『白髮三千丈』、『燕山雪花大如席』這樣令人匪夷所思的誇張句子。由此可見，誇張也是作詩的一種絕妙手法，然而，詩人腦子裡若是沒有天馬行空的才思，就算想誇張也誇不起來啊！您說是不是？

最近我老是做噩夢，夢見永王李璘，也就是新皇上李亨的親弟弟，派人前往廬山徵召我去他幕府當軍師，幫他擊退安祿山領導的叛軍。我居然在妻子極力反對之下答應了永王。我完全出於一片愛國之心，我哪知道永王不聽新皇上指

揮，讓新皇上誤以為他要造反，派兵圍剿他，害他喪了命，我也被新皇上視為永王同黨，不分青紅皂白地，就把我抓了起來。我還聽說，新皇上周邊的親信都恨得我咬牙切齒……」

3・詩佛被關

第二天進入他夢境的人物是後人尊稱為「詩佛」的才子王維，王維身穿著朝服，手拿著笏板，面容十分清瘦。

王維在夢裡對他說道：「我王維三歲就會背誦《詩經》與《楚辭》，七歲時就寫了一首：墨水蘸紫毫，文采比天高；羲之亭前坐，何人敢操刀？的〈詠王羲之〉五言詩。我的字叫摩詰，與西方佛教人物維摩詰一模一樣，從名字就可以看出我與佛教的淵源。這當然是受了家母影響的緣故，因為，家母本身就是一位相當虔誠的佛教徒。

我讀過不少佛經，曾向高僧學過佛法，至於名山古剎，更是我最常去靜思吃齋的地方。我自己在藍田山野還擁有一座『輞川別墅』，可以享受閑雲野鶴般的田園生活呢。

家母曾經拜北宗神秀禪師的弟子為師，學習佛法，而我個人對南宗慧能禪師也仰慕不已。我出生時，慧能禪師已去世十二年。我二十九歲時就跟他的弟子神會交往；當我四十二歲時，接受了神會的請求，撰寫〈六祖能禪師碑銘〉，因此我對禪宗的來龍去脈可說一清二楚。

根據我私下的觀察，禪宗門派十分歧異，禪師的教導方法也五花八門。有人整天不發一語，和尚也不能多問，誰多問就罵誰！有人比手畫腳，廢棄言語；有人講道，老是拐彎

抹角，不肯直說；有人問東答西，問西答東，往往答非所問；有人見了木雕佛像，就拿他當柴火來燒；有人答錯了要打三棒，答對了也要打三棒，讓和尚不知所措；而有些禪師更奇怪，專寫一些矛盾對立，違反常理的詩聯來啟迪門徒！

有一回，我在五臺山頂大千寺的亭柱前看見了一幅對聯：談道盜講道，坐禪蟬聽禪。這真是一幅寓有深意的妙聯！應該是跟莊子『盜亦有道』的說法有關吧？這到底是出自何人的手筆？我很想找到答案。

走了片刻，一座亭柱前又有一幅對聯映入我的眼簾：迦葉拈花佛微笑，頑石說法公點頭。這跟我們一般所熟悉的佛教故事：佛祖拈花，迦葉微笑；生公說法，頑石點頭。可說完全背道而馳。難道是對聯作者記錯了典故，還是他想藉著反話來表現禪的機鋒？

後來到了終南山，在山上的無為洞中發現了一首奇詩：得言須忘意，去有不成空；菩提非覺悟，西來竟返東。落款處題的是『至禪門柳至禪』。我看了之後，心中又是一驚。明明是領會了意義就可以忘去言辭，拿掉『實有』就成了『空無』；釋迦牟尼在一棵大樹下悟道成佛，那棵大樹才被人叫做『菩提樹』，『菩提』若不是『覺悟』的意思，難道是指菩薩在提東西不成？達摩大師從西方前來東土傳教，教傳完了，他應該返回自己住的西方才對，怎會返回東土呢？這實在是不合情理到了極點！

我正在大惑不解時，看見身旁一位牧童一邊牽著牛，一邊高唱道：『大野蒼蒼草吃牛，魚兒偏愛火中游；螳螂捕雀蟬在後，籠中青鳥最自由！』

　　我一聽之下，覺得此詩非常不合理。於是便追過去問牧童道：『請問小哥，剛剛你唱的這首詩，是你自己作的嗎？』

　　牧童趕緊搖搖手說道：『我哪有這個好本事！這首詩是至禪門門主柳至禪大師教我唱的！』

　　『柳門主現在何處？能不能帶我去見他一下，我要好好向他討教一番！』我急著問道。

　　『先生，可惜您來得太遲了！柳門主早在一年前就離開終南山，到別處雲遊去了！』牧童輕輕嘆了一口氣。

　　『那你可不可以告訴我，柳門主本人會武功嗎？他的武功厲害嗎？』我很想知道柳門主除了會作詩作對聯之外，是否真的還會武功。

　　『那還用得著問！聽說柳門主他不用竹管就能吹出蕭殺的簫聲，而且簫聲一起，一里之內的樹葉必然紛紛墜落！』牧童得意地說道。

　　『不用竹管怎能吹出簫聲？難道他用銀管、玉管不成？』我覺得很不可思議。

　　『柳門主不可能用到銀管或玉管之類的管狀物！』牧童狠狠瞪了我一眼。

　　『那他拿什麼器物來吹奏？』我再度問道。

　　『拿他的雙手來吹奏！』牧童臉上露出了神秘的笑容。

　　『僅憑雙手如何能吹出簫聲？』我露出了懷疑的表情。因為我曾經擔任過皇宮音樂署的樂官，對樂器可說瞭若指掌。

『很簡單！他用雙手做出吹奏簫管的動作，自然就產生如簫一般的音樂聲來！』牧童一邊說，也一邊做出吹奏簫管的動作來。

『除了無管吹簫之外，柳門主還會其他武功嗎？』我又多問了一句。

『他的武功可厲害了呢！聽說他只要向岩石吹口氣，岩石馬上就碎得跟雪花似的！』牧童一面說，一面比出吹氣的模樣。

『哦？真有這麼神奇？』我有點半信半疑。

『還有更神奇的呢！據說他坐在廬山瀑布之前閉目養神片刻，瀑布馬上靜止不動；等他一張開雙眼，瀑布又流動不停，響聲如雷！』牧童說話的眼神似乎露出一種驚奇又崇拜的表情。

看著問童的表情，我內心也著實驚訝不已。不瞞您說，我自小就體弱多病，常被同齡小孩欺負，因此，我時常幻想自己是一位拳打南山虎，腳踢北海龍的武林高手。我只要『哼！』一聲，千軍萬馬立刻倒下；我只要眉一揚，天上的神鵰就墜落於地。但幻想畢竟只是幻想，回到現實裡，我仍然是個只會吟風弄月的文弱書生罷了。

離開終南山之後不到一個月的時間，我又有機會來到嵩山隱居。

嵩山松雲寺香火鼎盛，遊人如織，我一個人逛著逛著，忽然在寺廟的北牆面上發現一首題壁詩：壁色白如雪，勸君

莫題詩；題者罰千兩，榮辱寸心知！詩的左下角寫有『反題壁詩詩客柳至禪』十個字。全詩連題字都是用草書書寫的，幸好我精通書法，無論是行書和草書，我都能看能寫，要不然還真看不懂詩的意思呢。

您的這首〈反題壁詩〉是在勸詩人別在牆壁上亂題詩，可是，您自己不也在這壁上題了詩嗎？那您的題詩行為算不算是題壁詩，如過算的話，豈不自相矛盾了嗎？當然！〈反題壁詩〉只有題在牆壁上才具有弔詭性！離開了牆壁，題在紙張、花瓶、屏風或其他器物上，甚至改用吟唱的方式，就不會自相矛盾了！此外，如果只是寫的『切勿壁上題詩！』這六個字，那就不算是一首詩，既然不是詩，也就不發生什麼矛盾不矛盾的問題了！您說對不對？

隱居嵩山時，我寫了不少即景詩。有一天快黃昏的時候，我看著天邊彩雲，一時詩興大發，當下吟出了『荒城臨古渡，落日滿秋山。』的詩句。這時忽然聽到松林有人高喊：『好個『荒城臨古渡，落日滿秋山。』施主真不愧是當代詩壇巨擘！』

『誰？是誰在稱讚我王維的即景詩？可否現身受我王維一拜，共磋詩藝？』我望著松林誠心誠意地問道。

『在下柳至禪，仰慕先生詩才久矣！』林中又傳來人語。

『原來是柳門主！久仰！久仰！您寫的許多詩聯，頗有獨特的禪意。我王維正想請教您是如何得來的靈感？』一聽是至禪門主柳至禪之後，我趕緊表達惺惺相惜之意。

『謝謝先生的誇獎！在下詩才與先生相比，有如小巫見大巫！先生究竟志在山林抑或志在宮闕，先生自己恐怕也猶

豫未決吧！不過，沒關係！不管身在山林也好，人在宮闕也好，只要心存善念，過得自在就好！在下目前還不便現身，他日有緣，或許可在夢中相會，暢所欲言！』說完，只見一條黑影從我頭上快速飛過，一剎那便消失了蹤影，任憑我怎麼追也追不著。

我帶著失望的心情回到茅屋，久久不能釋懷。

下山後，我又返回洛陽城居住，真想在夢中與您相會，共論禪道武學，但，可惜的是，做了好幾回夢，夢中只出現過長安的影子和皇上的影子，卻一直未出現您的形影。

前年我往東嶽泰山觀賞日出時，又在一塊石碑上發現：明鏡本有樹，菩提亦是臺；物物皆映物，埃埃非塵埃。的詩句。我一看這首詩的落款人是『柳至禪』時，就知道您又在提倡『至禪去禪』的弔詭禪道了。

因為，明鏡怎麼會有樹呢？菩提又怎麼會是臺呢？只有鏡子和水這些少數東西才能照映萬物啊，塵埃如果不是塵埃，那又會是什麼呢？

我在朝廷做官，看盡了官場的險惡，早有歸隱山林，遁入空門的念頭。但天不從人願，安祿山一起兵造反，洛陽、長安就相繼失守。知道皇上偷偷逃往成都後，我也想往成都方向逃去，繼續為皇上效命；然而，由於我穿著官服，官位又很高，一下子就被安祿山的官兵認出，將我捉住，並逼我為安祿山效命。我當然不願意為安祿山這個胡賊賣命，只可惜，我一點武功都不會，無法殺盡胡兵，逃出長安城。於是，在情急之下，我就服下一種能使人下痢的藥，把自己弄得人不像人，鬼不像鬼；希望找著機會逃出長安。然而，我的精

心計畫被胡兵識破，結果，還是被他們押往安祿山即位稱帝的洛陽城，關在龍門的菩提寺中。現在，我真的成了不能展翅高飛的籠中鳥了……」

4・詩聖被拘

第三天進入他夢境的人物則是後人尊稱為「詩聖」的才子杜甫。

杜甫一身破衣、蓬頭垢面，腳穿草鞋，噙著淚水告訴柳至禪說：「我杜甫生於詩書之家，祖父杜審言是赫赫有名的大詩人。我七歲就隨口吟了一首自己作的〈詠鳳凰〉詩：**玉身披霓裳，碧眼放光芒；百鳥前來拜，齊口頌吾皇！**家人及親友聽了，都說我是了不起的神童。十五歲時，就已經跟文壇的一些名流交往，當時，還有人誇獎我的文才可以跟漢朝的班固、揚雄媲美呢。

雖然我信奉儒家，但我跟佛、道兩教也特別有緣。我二十歲時就已經結識一些佛教人士，曾經前往瓦官寺觀賞東晉名畫家顧愷之所畫的維摩詰人像；三十三歲時，因為與詩人李白在洛陽相逢、結為好友的緣故，曾經前往華屋山拜訪華道士；次年秋天，又跟李白一道登上龜蒙山去拜訪董煉師及一些道界名人。因此，名山古剎道觀也都有我留下的的足跡。

前年，在遊覽終南山時，在對弈亭我見到一位戴著斗笠的農夫唱道：**嫦娥苦追日，老鼠愛捉貓；牛頭張馬嘴，竹子結芭蕉。**

我一聽道這首怪誕的五言詩，心中便覺得十分好奇，於是就追過去想看看此人的真面目；誰知等我追過去時，那人

卻像風一樣地消失了。我心想：唱這詩的人會不會是瘋和尚寒山的徒弟，因為他們唱的詩簡直是瘋言瘋語，反常到了極點。

　　說來慚愧，好友李白至少年輕時還佩過劍，行走過江湖，我卻連劍都未曾使過。雖然我六歲時，曾經在許州穎川郡觀看過公孫大娘跳的〈劍器〉舞，她的舞姿曼妙，古今無雙。看到她手裡拿著清亮的寶劍，我就非常羨慕，真想跑上前去把她的寶劍奪過來，掛在自己腰間，招搖過市一番。現在回想起來，覺得十分可笑。因為，公孫大娘的劍耍得再漂亮，也不過是一種中看不重用的舞蹈罷了！離真正的絕世武功，還差了十萬八千里呢。

　　離開對弈亭之後，接著我又來到一棵巨大的梧桐樹前，流覽四處的風光。

　　正當我心曠神怡時，突然間樹葉沙沙作響，一條像龍一樣的黑影從梧桐樹間飛了出去。我愣了一下，趕緊追了過去。可惜早已不見了蹤影。

　　失望之餘，我彷彿又瞧見前面有個和尚騎著驢子高唱道：彩蝶入花圃，翩翩不起舞；杜鵑啼兩聲，如雷震山谷！

　　『喂！出家人，麻煩您等一下，我有事要向您打聽！』我一聽這首詩，就聽出了它隱含的的弔詭性：所以，趕緊向眼前這位騎著驢子的和尚打個招呼。我想驢子走得很慢，這回該跑不掉了吧？但是，我的想法錯了！還沒等我向前走一步，說時遲，那時快！驢子就像長了翅膀似的，一下子就飛也似的跑出了我的視線之外。我心想：這和尚八成是您裝扮

的，只有您才會吟唱怪誕之詩，也只有您才有神不知、鬼不覺的隱身奇功。

終南山的經歷讓我終身難以忘懷，我真想約好友李白，再遊終南山去親自拜訪您，向您學習絕世武功，而別再去尋訪過去那些什麼山人或高士了。可是，我的美夢卻被安祿山這胡逆給打碎了。長安離終南山很近，長安一淪陷，終南山也許就不是我可以隨心所欲、想去就去的名山勝地了。

皇上六月逃往成都避難，還不到一個月的時間，太子李亨就在靈武即位，自稱肅宗。我聽說新皇上正在靈武整合軍隊，準備伺機收復長安和洛陽兩都，我就興奮地想要投奔他，去盡一份臣子忠君愛國之心。

於是在八月間，我告別了正在鄜州避難的妻子和兒女，一個人前往新皇上的臨時駐所奔去。走了好多路程，眼看就要見到新皇上了，可是萬萬沒想到，在半路上卻遇到了安史手下的軍隊，把我捆綁起來，送到長安城，拘禁在一間破院裡，派人監控我的行動。

自從被胡兵強行抓住以後，我就越發後悔自己沒拜師學過武藝。如果我有了絕世武功，一個隱身術就可以讓我逃出長安城！如果我有了上乘武功，一個排山倒海拳法，就可以把上百胡兵打得落花流水！有時我甚至幻想：此刻我手上若有一本武功秘笈，那該多好啊！我就用不著整日擔心安史手下會對我不利了。

昔日繁華壯麗的長安，今日已經成了鬼域。安祿山叛軍進城之後，到處燒殺擄掠，慘無人道，連皇室的祖廟都被焚

燒殆盡，城中到處是堆積如山的屍體，公子王孫的下場更是悲慘萬分。老百姓敢怒不敢言，內心裡都希望新皇上趕快率領大軍來解救他們……」

5・出手護救

連續三天做了三個奇怪的夢，印證了安祿山起兵造反，長安淪陷的事實。而李白、王維和杜甫三位才子也都在夢中訴說他們身處險境的心情，這三場奇夢讓柳至禪內心著實震撼不已。想到自己是個愛詩如命的人，三位才子又是他最景仰的大唐詩人，也都與他有過「相遇」之緣。

他還記得，天寶三年的暮秋，他在開封一帶雲遊，正巧碰到李白〔太白〕、杜甫〔子美〕與高適〔達夫〕三位詩人也在該地吹臺抒發思古之幽情。

李白的大名，雖然早已如雷貫耳，但他卻從未見過李白本人。等到他在吹臺附近聽到三人互道名字時，方知座中那位談笑風生、綜論天下的白衣遊客，便是大名鼎鼎的前宮廷詩人李白。

吹臺是座景致清幽，可以讓人登高望遠，仰天長嘯的古跡。

當時，杜甫站在高臺上問李白：「太白兄！你可知此臺為何叫做『吹臺』？」

李白狂笑三聲後，答道：「這點小常識哪能難得了我這個大才子！這是因為，春秋時期晉國的盲人樂師師曠，曾經在

此臺吹奏〈陽春〉、〈白雪〉兩首千古名曲，所以，他死後，世人為了紀念他，就將此臺命名為『吹臺』！」

「一點也沒錯！只不過後來師曠曾遭到昏君晉平公折磨致死，真是遇君不淑啊！」杜甫似乎心有所感地說道。

高適一聽，趕緊插嘴：「兩位仁兄，此處風景如此秀麗，咱們別談這些殺風景的事，還是談談你們近期的遠大計畫吧！」

「弟打算去求仙訪道，跨鶴騎鹿，逍遙於五嶽名山，從此再也不跟齷齪的朝廷打交道！」李白憤然說道。

杜甫一聽，也隨即說道：「弟也十分厭惡官場的現實嘴臉，決定跟太白兄一塊去求仙訪道！」

高適則笑說道：「兩位仁兄都要去求仙訪道，小弟沒那麼清高的志向，只有繼續求取功名，當個凡夫俗子了！」

李白與杜甫聽了，同聲說道：「沒關係！我們會留一隻仙鶴，等著你來騎！」

高適又笑說道：「最好留一隻像馬那麼大的仙鶴！說不定我會帶著妻妾一快來騎牠呢！」

聽了三位詩人的對話後，他本想上前自我介紹一番，再與三人共同談詩論道，但回頭一想，還是不要曝露自己的身分比較妥當。因此，他默默地聽三人高談闊論，不插一嘴。三人也因專心聊天，根本未留意到他這位遊客的存在。

聽他們三人談話的內容，可以想見他們的才情與落寞，尤其是李白與杜甫兩人。前者遭小人進讒，不得已黯然離開

宮廷，過著清狂放誕的生活；後者赴京趕考落第，心灰意懶。兩人於四月在洛陽相遇後，結為知交，就一同遊覽名山。他之所以曉得李白與杜甫二人次年春天要去龜蒙山元丹丘隱居之地作客，也是從他們的談話中得知的。

當時，他就有一種預感，李白與杜甫去找元丹丘時，道士元丹丘必然會練些「仙丹」給他們服用。他對元丹丘煉丹的功力並不十分放心，於是偷偷跟去，見機行事。結果讓他撞見三人誤食丹藥的慘狀，於是出手相救後，留言離去。

至於另一位大詩人王維，柳至禪早在開元二十二年，也就是在李白與杜甫二人登開封吹臺的前九年，就已經見識過王維的不凡詩才了。

當時，王維在嵩山隱居，等待朝廷徵召；他也在嵩山一帶雲遊，賦詩題詩。嵩山的景致令他留連忘返。有一天，他無意間在松林中聽聞王維作的即景詩，非常仰慕王維的才華。本想現身與大詩人一敘，但考慮再三後，還是未從林中走出來與王維會面，只是由林中傳語給王維，希望有緣能在夢中相會。他知道這樣做，也許會讓王維失望，但他確實有不能貿然露面的苦衷。

如今，三大才子一一遭逢大難，大唐詩苑有奇華凋零之憂。他不能再抱著不問世事的冷漠態度，是該出手護救三大才子的時候了。

大唐才子蒙難傳奇

第二回
春光明媚百花香
弟子詩才吐芬芳

1.宣佈大事

第四天清晨，陽光燦爛，南風習習，院子裡百花齊放，香氣四溢，連續三天濃霧瀰漫的天氣終於一掃而空。這是個好兆頭，讓柳至禪的心情也開朗了許多。他心想：「霧散日出，鳥語花香，好夢即將來，噩夢隨風去。今早應該多加點好吃的東西！」想完，便到廚房忙著幹活去。

凌絕頂、獨幽篁與雲想容三人覺得今天的早餐有魚有肉，特別豐富，他們心裡頭雖有點納悶，但也不敢多問，只是埋頭猛吃，吃得很開心。

原來，至禪門不僅門旨獨特，而且還主張帶髮修行、葷素不忌。

吃完早餐，柳至禪忽然表情嚴肅地對三位弟子說道：「你們三人跟我到『物反房』去，我有重要的事情向你們宣佈！」

凌絕頂、獨幽篁與雲想容三人聽了都十分詫異，因為他們跟隨柳至禪快十年了，從未見過他表情如此嚴肅過，也從未聽他宣佈過什麼重大事情。他們彼此看了看對方，不發一語，就隨著柳至禪進入「物反房」。

「物反房」是間平日打坐的小房間，房間裡鋪了四張蒲團，是他們師徒四人打坐時專用的墊子。這間屋子沒有柳至禪帶領，徒弟是不能隨意進出的。而它最弔詭的地方就是：越到冬天，屋子越熱，有時熱得像個火爐似的；而越到夏天，屋子越冷，有時冷得像個冰窖似的。現在是七月天，成都豔陽高照，天氣酷熱，因此，進入「物反房」，就等於進入了冰

窖。若是一般人，恐怕很難適應這種反常的氣候，但是，柳至禪師徒四人早已習慣這樣冷熱無常、物極必反的環境。

「這三天來，為師連續做了三個不可思議的怪夢！」四人坐定後，柳至禪開始說了話。

「是什麼怪夢？」一向好奇心最強的凌絕頂馬上插嘴道。

「為師夢到李白、王維和杜甫三位大唐才子向為師訴說他們遇到了險境，甚至可能會有性命之憂。當然，這都跟安祿山、史思明兩位逆賊起兵攻陷洛陽、長安，有很明顯的關係。雖然這只是夢，但為師相信真有其事，為師自己覺得跟三位才子心靈相通，才會夢見他們遭遇的險境！」柳至禪開宗明義地把『大事』告訴了他的三位弟子。

聽完了柳至禪的一番話之後，三位弟子個個愁容滿面。

雲想容因為從小就欣賞李白的詩，崇拜這位名聞天下的大詩人，李白作的每一首詩，她幾乎都能倒背如流。李白的一些傳奇故事，她也聽得津津有味。如今大詩人有難，她心中自然心急如焚。

獨幽篁從小就欣賞王維的詩，崇拜這位名聞天下的大詩人；凌絕頂則崇拜杜甫。因此，他們二人也憂心忡忡。

「為師希望派你們去營救他們！」柳至禪知道凌絕頂、獨幽篁與雲想容他們三人跟他學詩習武也學習了將近十年，尤其住在柳蟬居這麼詩情畫意的地方，不想洋溢詩才都不行！他也該讓他們三人走出柳蟬居，展翅高飛了！因此他心裡頭已經有了腹案。

「現在，你們趕快去院子裡賞花觀魚，培養靈感，晚上為師就要來考考你們的詩才與禪慧了！對了，我差點忘了！你們只要作五言古詩或樂府詩就行，不必顧慮平仄問題。作詩最講究的是意境，其它都不重要。大詩人李白就是最好的例子！」柳至禪拂麈說道。

說完，雲想容突然問道：「師父！弟子有一個問題一直困惑不解……」

「甚麼問題？」柳至禪笑問道。

「就是：師父曾經告訴弟子，至禪門的門旨源自於道家的『至言去言』主張。既然最高深的道理是只能用體悟而無法用語言來表達的，那，詩也是一種語言，是否也該一併廢棄呢？」雲想容繼續問道。

「想容，你這個問題問得極好！所謂『去言』不是要廢棄所有語言，而是要廢棄那些妄言、冗言、惡言、巧言、矜言、讒言、譏言、胡言、訛言等等不妥當的語言！詩乃是最精練的語言，因此不但不能廢棄，而且還得多多創作才是！當然啦，作品再好再多，並不保證一定能句句傳世啊！」柳至禪回答道。

雲想容三人聽了之後，不斷點頭。

2・宅院詩情

離開「物反房」之後，凌絕頂、獨幽篁與雲想容三人便往院子裡走去。他們師徒四人住的柳蟬居院子十分寬敞，院子裡有柳樹、荷塘以及嫣紅姹紫的花朵。荷塘不時傳來蛙聲，

樹上則有蟬鳴聲和鳥啼聲。為了培養徒弟們的詩興，柳至禪把院子裡的場地，取了許多富有詩意的雅名，比方「觀魚檻」、「飛燕亭」、「迎風館」、「聽雨軒」、「積翠池」、「折柳橋」、「綠芸窗」、「踏青樹」、「芝蘭室」、「玲瓏閣」、「繽紛園」、「落花廳」、「藏春臺」、「雪梅齋」、「丹楓堂」等等，讓人一見名字，就有當下賦詩的衝動。院子四周則是一丈多高的圍牆，牆外更種滿了百花和樹木，因此，只要關上大門，過路的行人根本就無法瞧見牆裡邊師徒四人的舉動，可說是隱密性很高的一棟宅院，這自然是至禪門門主柳至禪刻意挑選的居家地點。

「師妹！為何師父要派我們三個去營救三位大詩人，以師父他老人家的武功造詣，他一個人就可以勝任啦！是不是？」獨幽篁邊走邊問雲想容。

「這……我也不知道其中原因！師父不講，我們也不好去追問他老人家！」雲想容悄悄答道。

「我知道原因！」走在一旁的凌絕頂突然說道。

「甚麼原因？」獨幽篁與雲想容同時轉過頭來問道。

「原因就是：我們三人的武功已經可以跟師父並駕齊驅了！師父馬上就六十歲，他老人家也該享享清福，讓我們這些做晚輩的好好表現一番了！」凌絕頂用充滿自信甚至有點狂傲的語氣答道。

「師兄！別這麼狂妄好不好？」獨幽篁不以為然地說道！

「這不是狂妄，這是事實！你和師妹記不記得，上個月師父在凌雲山大佛像前測試我們的武功後，曾經誇獎我們

說：『你們三人已經盡得為師至禪奇功的神髓了！放眼天下，能擊敗你們三人的人，已經寥寥無幾了！』凌絕頂解釋道。

一聽凌絕頂這麼一說，獨幽篁與雲想容也都點了點頭。

「所以，我們應該當仁不讓，好好把師父交代的任務完成才對！是不是？」凌絕頂笑說道。

獨幽篁與雲想容二人臉上也露出了笑容。

「師妹！我跟妳一塊去練習作詩好不好？妳平常作的詩不比上官婉兒和楊貴妃差，師父一直稱讚妳的詩有韻味。怎麼樣？教教我這個笨頭笨腦的書呆子如何？」這時，獨幽篁走到雲想容面前，拉著她的右手，故意作出央求她的樣子。其實，他的目的只是想和雲想容這位師妹單獨相處在一起，因為他心裡頭早就對雲想容滋生愛意了。

「不行！我也要跟師妹在一塊練習作詩！我是大師兄，我有優先權！師妹，妳說好不好？」還未等雲想容回答獨幽篁的話，凌絕頂也拉著雲想容的左手大聲說道。事實上，他也早就喜歡上這位才貌雙全的師妹了。

「去！去！去！我誰也不跟誰！大家還是分頭去動腦子吧！一會兒讓師父看到了，我們都要受罰的！」雲想容一面大聲說道，一面用力抽出被兩位師兄握住的一雙玉手。

「師父哪會罰我們？他老人家最希望看見我們依偎在一起呢！」獨幽篁半開玩笑地說道。

「你胡說！師父才希望我跟師妹整天花前柳下，談情說愛呢！」凌絕頂一聽，也趕緊半開玩笑道。

「師父希望我跟師妹能琴瑟和鳴！」獨幽篁又開了個玩笑。

「師父還希望我跟師妹白頭到老呢！」凌絕頂也再開了個玩笑。

「師父希望我跟師妹早生貴子！」獨幽篁把玩笑越開越大。

「師父還希望我跟師妹兒孫滿堂呢！」凌絕頂也把玩笑越開越大。

「你們兩位要是再胡說八道的話，我就要去向師父告狀了！信不信？」雲想容臉頰泛紅地說道。

兩位師兄聽了雲想容的一番話，雙雙對她吐了個舌頭，就各自走開，再也不敢胡亂糾纏她了。

雲想容望著兩位師兄的背影，心裡頭遂起了一陣漣漪。在凌絕頂與獨幽篁兩位師兄之間，其實她是喜歡二師兄獨幽篁的，至於大師兄凌絕頂，她對他的感情不過是屬於兄妹之誼罷了。根據她平日的觀察，二師兄性格較溫和謙讓，善解人意；大師兄則性格剛烈，處處都想占上風。她當然是不欣賞大師兄那種「霸氣凌人」的作風。雖然他也很想跟二師兄單獨在一起練習作詩，好有機會相依相偎，互訴情衷。可是，為了不傷害到大師兄的自尊，她只得回拒了兩人的邀請。

談到作詩，她的精神又振奮了百倍。師父柳至禪幾乎每天都要她們三人背誦古人或當朝詩人的名作。在當朝女詩人中，她確實欣賞上官婉兒（昭容）和楊貴妃（玉環）的詩，而王勃、駱賓王、陳子昂、王之渙、孟浩然、王維、李白和

杜甫的詩卷，也都令她心儀不已。由於成都的印刷術堪稱是全國之冠，所以印出來的詩作也格外精美，每每讓她愛不忍釋。

她曾經寫過一百多首詩，也得到過師父柳至禪的讚賞。因此她要好好集中精神想出絕妙的詩句，讓師父對她刮目相看！於是她在「積翠池」與「折柳橋」前，一直注視著清麗的荷花和低垂的柳葉。

獨幽簹與凌絕頂兩人的想法也和雲想容一樣，他們對自己的詩才也充滿了自信心，絕不能夠輸給師妹或任何人，他們也想得到柳至禪的當面稱許。因此他們都往院子裡的角落，各自去尋找靈感去了。

獨幽簹來到「飛燕亭」，想像燕子在屋簷上下穿梭的優閑神態，心想：「自己已經能像燕子般在空中飛翔自如，這都是學會了至禪奇功，才讓自己變得身輕如燕，甚至一飛可以翻到十幾丈高！再怎麼說，我的武功也絕不能輸給師兄或師妹任何一人！」想畢，便繞著亭子搜索枯腸。

凌絕頂則來到「藏春臺」邁著腳步，找尋靈感。他除了在詩才上有「舍我其誰」的雄心之外，對於武功，更是有著無限的自信。他時常幻想自己是一位武功蓋世的大俠，天下英雄好漢都得聽從他的指揮，而他的武林盟主寶座也從來不敢有人覬覦。

「如果我是師父的話，我就要把「柳蟬居」改為「武韜院」，把師父在院裡取的一些雅名，全部改成「吳戈檻」、「銅斧亭」、「虎翼館」、「龍刀軒」、「鷹爪池」、「豹奔橋」、「諸葛窗」、「太公樹」、「軍旗室」、「運籌閣」、「戰鼓園」、「神弓廳」、

「萬箭臺」、「三略齋」、「八陣堂」等等，讓人一見名字，就有力拔山河氣蓋世的雄風！」想到這裡，凌絕頂禁不住偷偷笑了起來。然後回頭望望四周，看看獨幽篁與雲想容，有無躲在附近偷窺他的表情。

「還是別作白日夢了！趕快把師父交代的東西弄好，才是正途！」想罷，又轉往「繽紛園」瀏覽景色去了。

3・三動偈詩

用完晚餐之後，柳至禪坐在蒲團上對他們三人說道：「禪宗故事你們都聽說了吧？有一天，慧能左思右想，認為弘揚佛法的大好時機來了，不能再這樣一直東躲西藏下去；於是，他毅然走出深山，獨自來到了廣州的法性寺。碰巧遇上印宗法師在講授《涅槃經》，當時一陣大風吹來，寺院中的長幡都隨風飄動。

這時，一個和尚說：『是風在動！』另一個和尚則駁斥說：『是幡在動！』雙方爭辯不已，無從判斷是非。

站在一旁的慧能於是發表意見說：『既不是風在動，也不是幡在動，而是你們二人的心思在動啊！』

眾人聽到慧能的談話，都覺得驚訝萬分，都暗自佩服他的高明見解。

印宗法師也有同感，於是將慧能請到上席坐下，親自向他請教對於佛經中深奧義旨的理解。好了！我要問的是：這場著名的風幡之辯有何特色？」

「弟子知道！」獨幽篁先開了口。

「好！幽篁！你說說看！」柳至禪笑說道。

「這場風幡之辯有一個特色，那就是言語簡潔！簡潔到和尚甲、和尚乙與慧能三人都只有主張，而缺少了支持主張的理由。換句話說，和尚甲強調風動，卻未說明風動的原因；和尚乙強調旗動，卻未說明旗動的原因；而慧能強心動，也未說明心動的原因。大家僅憑言外之意來領悟。」

「嗯！說得有道理！不愧是禪宗詩人王維的信徒！」柳至禪誇獎完獨幽篁後又問道：「絕頂！想容！你們二人對這場辯論有何看法？為師很想聽聽看！」

凌絕頂聞言，立即說道：「弟子的看法是，雖然和尚甲、和尚乙與慧能三人在這場辯論中都用了『動』這個字眼，但是，這三個『動』字，卻有不同的含意！」

「哦？不同的含意？你倒說說看！」柳至禪對著凌絕頂笑了一笑。

「弟子先說『風動』的『動』字好了。它指的是風在『吹動』，是一種氣之流動現象。

其次再談『旛動』的『動』字好了。它指的是旗子在『飄動』，是一種物之擺動現象。

最後再談『心動』的『動』字好了。它卻指的是心思的『妄動』，是一種心之浮動現象。」

「不錯！絕頂分析的很有道理！」柳至禪誇獎完凌絕頂後又笑問雲想容道：「想容！兩位師兄都已經發表了高見，現在該輪到妳了吧？」

「師父！弟子認為，風與旗子的動與不動，至少有四種情況：

第一種情況就是：風動旗也動。

這正是法性寺當時的辯論場景：當時一陣大風吹來，寺院中的旗幟都隨風飄動。可見，風與旗的關係是不對等的，換句話說，風能影響旗，而旗卻不能影響風。因此，風必須先吹動，旗然後才能飄動，次序不可顛倒。

第二種情況就是：風動旗不動。

風要讓旗子能夠飄動或迎風飄揚，必須風力要大或者風速要快才有可能。像是和煦的春風，恐怕就無法讓旗子『動』起來。當然，旗子本身的長度、寬度和厚度，旗子的材料，也會影響它飄動的程度。所以從這個角度來看，弟子認為廣州法性寺當時吹的應該是西風或北風，才有可能讓寺院中的旗幟都隨風飄動起來，才能驚動兩位和尚的耳目。因為，『旛』是一種造性特殊的長條旗幟，可掛在寺院的堂中或堂前，『微風』是難以吹動它的。」

「嗯！果然觀察入微！那，還有兩種情況呢？」柳至禪讚美完雲想容之後又接著問道。

「第三種情況就是：旗動風也動。

『旗動風也動』與『風動旗也動』是不一樣的情況。『旗動』指的是人用手揮舞或揮動大旗，『風也動』則指的是大旗揮舞時所產生的『風力』。而這種『風力』的力道，自然是無法與空中吹來的『風』相提並論的。

　　當然啦，不僅僅是旗子、扇子或其他器物，甚至連手掌也都可能產生若干『風力』呢。

　　第四種情況就是：風旗皆不動。

　　這種情況就是：既無風在吹動，也無旗在飄動；更無人在揮動旗子。當然，法性寺的風幡之辯是不可能在第四種情況下產生的！」雲想容從容不迫地把她的見解講完。

　　柳至禪一聽之後，笑著問凌絕頂與獨幽篁二人說：「你們覺得師妹的見解高不高明？」

　　「高明！高明！佩服！佩服！」凌絕頂與獨幽篁二人立即望著雲想容說道。

　　柳至禪於是笑說道：「好了！你們三人都發表完了自己的高見，現在該輪到為師來講講自己的看法了！

　　我們曉得，人要感覺外在世界的現象或變化，主要靠的是眼、耳、鼻，舌與皮膚這些個感官，也就是所謂的眼識、耳識、鼻識、舌識與身識。

　　『風』是沒有形體、沒有顏色的，換句話說，我們人是無法用眼睛去看風的。因此，我們必須靠另外兩種感官，也就是耳朵和皮膚來感覺它。

　　風是有聲音的。風越大，聲音也就越響，我們的耳朵從風的聲音可以感覺到它的『存在』或『來臨』。

　　風還有溫度和力量，我們的皮膚從風的溫度和力量可以感覺到它的『存在』或『來臨』。所謂『寒風刺骨』，便是這個意思。

　　我們人雖然沒有法子用眼睛直接看到『風』，但是我們可以透過『間接』的『畫面』來『感覺』它的存在或來臨。而這個『間接』的『畫面』，就是包括旗幟飄動、門簾、窗簾飄動、風箏飄揚、浮雲飄動、花葉搖曳、帽飛髮亂、衣角飄起、紙張紛飛、人體歪倒、樹木折斷、黃沙滾滾、風捲殘雲等現象在內。不過，盲人便看不到這些『間接』的『畫面』，他們只能用耳朵和皮膚來『感覺』風的存在或『來臨』了。

　　法性寺兩位和尚的眼睛應該是『正常』的才對，因此他們二人在『感覺』風動旛動時，仍然得依靠眼睛、耳朵和皮膚這三種感官。

　　和尚甲只強調『風動』卻忽略了『旛動』的現象、而和尚乙只強調『旛動』卻忽略了『風動』的現象。兩個人注意的『焦點』完全不同。好比兩人只看到事物的『一面』，才會爭執不已。

　　慧能見狀，為了『點醒』兩位和尚的『無謂』之辯，於是大聲說道：『既不是風在動，也不是旛在動，而是你們的心思在動啊！』

　　問題來了，慧能為何不說『無風無旛，何動之有？』呢？因為，按照『本來無一物，何處惹塵埃？』的空無觀點，風旛並不存在，既不存在，又如何會『惹出』吹動、飄動的現象呢？

　　可見慧能並未完全否定『風旛』二物的存在，他只強調『動』的層面，而且偏重在『心動』上。他的意思可能是說：『重點不再於風的吹動或旗的飄動，而在於你們二人內心『浮動』，受到外物干擾；那才是重點！』

　　或許印宗法師在法性寺講授《涅槃經》時，僧眾都在專心聽講，而唯獨和尚甲與和尚乙這兩人心有旁騖，卻注意起風動旛動的現象，因而爭辯起來，打斷了印宗法師的弘法。幸好，慧能剛好前來參訪，於是靈機一動，來個及時開悟，平息了這場『干擾講經』的無謂爭辯。相信，那兩位和尚聽了之後，也會『自慚形穢』，不再多言。從這也可反映出印宗法師的『寬宏大量』，若是他上前喝斥兩位和尚，叫他們『閉嘴』，認真聽講；那，慧能也就沒有機會展現自己的『慧見』了。

　　有人也許認為慧能是個主心派，他似乎把『內心』看得比『外物』來的重要。彷彿他認為：只要一個人的『心不動』，那麼外界的風也好，旛也好，統統都『動』不起來了。

　　其實，風動旛動乃是一種外在『自然』現象，不會因為某人不看它、不聽它，或不去『注意』它，它就靜止不動了。

　　總之，法性寺的的這場『風動『旛動』與『心動』之辯，是一場欠缺『理由』的簡易辯論。和尚甲與和尚乙的風旛之爭，乃是無謂之爭，各有所『蔽』，而慧能的提出『心動』之論，並不是真的要全盤否定風動旛動的外在自然現象。在印宗法師當時講經的時空之際，他應該是在糾正兩位和尚觀點的『偏執』，勸他們收起『浮動』或『妄動』之心罷了。

　　因此，從這場辯論可知：『風』、『旛』『心』三者一起在『動』，缺一不可！」

　　柳至禪滔滔不絕地講完之後，接著說道：「禪宗有所謂的偈詩。現在，我們師徒四人就各用一首偈詩來表達對風幡之

辯的看法！我先說：「西風吹法堂，旗幟隨風揚；二僧心浮動，大肆逞唇槍。」

「絕頂，該你賦詩了！」柳至禪一說完，就指著凌絕頂說道。

「寶殿秋風起，長幡隨風飄；風聲忽停止，旗靜似關刀。」凌絕頂一聽，立即昂首說道。

「幽篁，輪到你了！」

「我手舞長幡，長幡時變貌；縱使無風吹，依然聲呼嘯。」獨幽篁揚起雙眉吟唱道。

「嗯！最後要看想容的了！」

「風動耳來聽，幡動眼來觀；心若不浮動，可曾覺風幡？」雲想容也氣定神閒地高聲說道。

「很好！你們三人的詩才禪慧都不錯，不愧是我至禪門的門生！」柳至禪聽完三人即席所賦的偈詩後，高興地說道。

4‧對聯聯句

過了一會兒，柳至禪忽然想到一件事情，於是對三位弟子藹然說道：「偈詩已經過關，我再考考你們的對聯，也就是二句詩做得如何？現在我出上聯，你們來對下聯！」說完就指著獨幽篁說：「寒山一葉落」

「古寺千雲飛」獨幽篁不假思索地回答道。

「對得好！下面，想容妳聽著：『桃紅十里杏花妒』」

「鴨綠一灣燕子慚」雲想容隨即回答道。

「好一個『鴨綠一灣燕子慚』！」

這時凌絕頂有點耐不住了，於是柳至禪笑著對他說道：「絕頂！不急！你聽好：『忘言需要先得意』」

「起舞但求早聞雞」凌絕頂也不甘示弱地隨口回答道。

「嗯！對得很有意思！」柳至禪也大大誇獎了凌絕頂一番。

一輪明月已經高掛在夜空，此時蟬聲、蛙聲、鳥啼聲此起彼落，南風一陣陣吹來，正是一個充滿詩意的夜晚，也正是柳至禪三大弟子大展詩才的好時機。

「好！西湖大家都去玩過了吧？最後我們再來玩個詠西湖五言詩聯句游戲，只要能把這個遊戲快速完成，我明早就會讓大家出發！」柳至禪說道。

凌絕頂、獨幽篁與雲想容三人一聽，都高興地說道：「請師父快點出題！」

「哪！聽好了！我先說第一句詩：樓外雨聲疏，」

「千舟泛西湖；」凌絕頂不假思索地說道。

「柳浪鶯百囀，」獨幽篁緊接著說道。

「荷塘錦霞鋪。」雲想容也迅速說道。

「剛才是第一首，現在是第二首詩！」柳至禪說完即唱道：「風吹新綠水，」

「月倚小紅樓；」雲想容不假思索地說道。

「花眠猶解語，」凌絕頂緊接著說道。

「草醉已忘憂。」獨幽篁也迅速說道。

「剛才是第二首，現在是第三首詩！」柳至禪說完即唱道：「千村紅杏雨，」

「十里綠楊煙；」獨幽篁不假思索地說道。

「錦魚頻戲水，」凌絕頂緊接著說道。

「山色正娟娟。」雲想容也迅速說道。

柳至禪聽了三位弟子的聯句詩之後，哈哈大笑道：「真是出乎我的意料之外！你們答得既快又好！看樣子，你們三人跟三大才子前世有緣了！我想不派你們前去營救都不行！好了！今晚大家用腦用得太累，不如好好休息一晚，明天早上就可出發！」

5・三人奇夢

凌絕頂、獨幽篁與雲想容三人遵照師命，各自回到自己的寢室去休息。

他們三人想完方才的詩測後，內心都十分期待著明天的驚奇答案，也因此三人當晚都作了一個奇夢。

　　凌絕頂夢見他在峨嵋山上遇到一位手持玉龍杖的仙翁，他能把天上的閃電從嘴裡吸到肚子裡保存起來，然後，隨時需要隨時就可從十指發射出去。這樣，遇人則人被電死，遇樹則樹被燒枯。

　　獨幽簹夢見他在泰山上遇到一位頭戴黃冠的仙姑，她能把四海三江的水源全部吸進肚裡保存起來，需要用到的時候，只要輕輕將嘴一張，就可淹沒千軍萬馬，片瓦不留！

　　雲想容則夢見她在廬山上遇到一位手持金缽的高僧，他能把狂風吸進肚裡保存起來，遇到敵人攻擊時，只要張嘴吐氣，馬上狂風大作，飛沙走石，敵人早已聞風喪膽，豎旗投降！

第三回

分道揚鑣救才子

江湖險惡決生死

1・輪流發問

第二天一大早，吃完早餐後，柳至禪便帶著三個徒弟進入「物反房」即席而坐，然後告訴他們三人：

「你們三人的詩才，昨天、前天我已測試過；至於你們的武功，早在一個月前，我也在青城山與凌雲山測試過，以你們所練成的『至禪奇功』去營救三大才子，應該所向無敵了！為師對你們充滿了信心！不知道你們還有甚麼問題要問？」

「請問師父，為何練此奇功的人身上不能攜帶任何兵器？那遇到敵人時，不是極其危險嗎？」凌絕頂一聽，隨即提發問道。

「這麼規定，當然也有它的道理在！一個要靠兵器才能保護自己或擊退敵人的人，一旦兵器丟了，那他不等於死路一條嗎？你不想想看，劍法再高妙、刀法再神奇的俠客，手中若沒有了寶刀神劍，誰還會對他敬畏三分？所以我們至禪門的門徒是不靠兵器來壯膽的，我們要練到身上每一吋的地方都可以當作致命武器才行！因此我們身上不能攜帶任何兵器，包括暗器都不行！再說，你們去營救三大才子，很可能會遇到官兵的盤查，萬一搜出兵器或暗器，豈不暴露身分？」

「不過……」柳至禪停頓了一下又說道：「有一種暗器，是別人很不容易搜查到的！」

「是什麼暗器？」三人不約而同地瞪大眼睛問道。

「就是髮簪！」柳至禪邊說邊指著他頭上的青龍髮簪。

「一枚髮簪如何能當暗器？」凌絕頂忍不住又問道。

「這當然要有深厚的內力才行！」柳至禪微笑了一下。

「請師父明示！」凌絕頂恭敬有禮地說道。

「通常髮簪只有一頭是尖的，如果要當暗器的話，最好兩頭都尖銳才行！」柳至禪解釋道。

「據弟子所知，坊間好像沒有師父所說的這種髮簪吧？」凌絕頂起了疑心。

「坊間的確沒有這種髮簪，所以必須自己製作！等製作好後，插在頭髮上，內力高強的人只要稍微運氣轉個身，髮簪就會裂成四段甚至八段，從四面八方射出去，可射殺百步之內的敵人，讓人防不勝防！」柳至禪又做了近一步的解釋。

凌絕頂、獨幽篁與雲想容三人一聽，驚得半天都說不出話來。

柳至禪見狀，便呵呵大笑道：「為師也是聽別人說起的，自己也從未見過這樣的暗器！只是這種暗器雖好，一旦暗器發射出去，就會弄得自身披頭散髮，儀容欠佳了！好了！不談暗器，還是提點別的問題吧！」

站在一旁的雲想容心中暗想：「這倒是醒我了！」想完，臉上露出一絲微笑。緊接著她又問道：「師父，您曾經告訴過我們有關西方維摩詰居士的神奇傳說，我記得您說過，維摩詰居士手下有一位能散花的天女，她具有無邊的神通力，他能把佛陀大弟子舍利弗從男相變為天女的容貌，而把自己變

成舍利弗的男貌。請問師父，『至禪奇功』會不會對換一個人的性別與年齡？」雲想容抓住機會，趕緊提出她心中極大的憂慮。

柳至禪大笑道：「至禪奇功還沒到那個境界！你們儘管放心好了！」

2‧面授機宜

沉寂了片刻，柳至禪又說道：「好了！如果你們沒有其他的問題要問，那我們現在就開始討論任務的分配問題！絕頂，平日你最崇拜杜甫先生，那就由你來負責營救杜甫先生好了！」

「謹遵師命！」凌絕頂答道。

「幽篁，你一向最崇拜王維先生，那就由你來負責營救王維先生，如何？」

「弟子遵照師命！」獨幽篁也答道。

「想容，不用說，大詩人李白先生自然要交給妳這位崇拜者來營救了！妳有無意見？」柳至禪問道。

「弟子沒有意見，完全聽從師父的調遣！」雲想容點頭回答。

「對了，我差點忘了！王維先生身在洛陽，杜甫先生人在長安，李白先生可能還在廬山一帶避難。這三個地方，你們熟不熟？」柳至禪又問道。

「師父在五年前曾經帶弟子們遊遍大江南北，這三個地方我們也都去過，都熟得很！所以，請師父不用操心！」雲想容趕忙回答。

柳至禪聽了雲想容的回答，就說：「那好！事不宜遲！你們就可以備馬帶著盤纏出發了！」

「師父！當我們遇見營救對象時，要如何才能讓對方相信我們的話，跟著我們一塊走？」凌絕頂不愧是多長一歲的大師兄，他總是會找到問題的重點。

「問得好！這的確是個關鍵問題！我忘了告訴你們，當你們見到要營救的對象時，只要唸出他七歲時所作的五言樂府詩，那他一定會相信你的話！因為，世人從不知道三大才子在七歲時作詩的內容！」

「那師父是怎麼知道的？」獨幽篁也追問道。

「是三大才子在夢中告訴為師的！」柳至禪揚起眉毛說道：「所以只要你們能唸出他們七歲時所作的五言詩，就不用擔心他們會懷疑你們的身分！」

話畢，柳至禪便將李白、王維與杜甫七歲時作的五言詩唸給三位弟子聽。三人聽了更加欽佩三大才子的詩才，也更加堅定了他們營救三大才子脫險的決心。他們大吃一驚而且十分納悶的是：為何只有師父能夢到李白、王維與杜甫七歲時所作的五言詩，而他們卻夢不到呢？難道是他們的道行太淺或詩的意境太低不成？

「如果你們怕記不住的話，可以寫在紙上，隨身攜帶，當面交給你們所要營救的對象！」柳至禪又說道。

「師父，弟子們一下子就記住了，保證不會忘掉！再說，如果真將詩寫在紙條，隨身攜帶的話，如果遇到安賊手下搜身，豈不節外生枝了嗎？」雲想容一說完，凌絕頂與獨幽篁兩人也都點了點頭。

「想容，妳的顧慮很對！方才為師也是在試探你們機不機靈吧！」柳至禪笑著說道。

隨後，柳至禪又分別對三位弟子面授機宜了一番，並且分別交給他們一些重要的物品，然後吩咐道：「你們此番前去執行營救任務，少則三個月，多則也許半年，你們可以在各地寺廟宮觀或客棧食宿。我給你們準備的盤纏，足夠你們用一整年！附近仙鹿馬場有三匹快馬，都是你們平日最喜歡騎乘的好馬，有了牠們，長安、洛陽與廬山三地，就可指日抵達了！記住！好好運用你們的詩才與武功！我會在家等待你們的好消息！」

三位弟子換好服裝，拜別了柳至禪，直朝仙鹿馬場走去。

3・分道揚鑣

走在路上，凌絕頂打量了雲想容全身上下後，突然對她說：「師妹，瞧妳這一身打扮！妳幹嘛要女扮男裝？」

「喔！大師兄！這可是師父的要求！他老人家說我隻身在外這麼長的時間，著男裝比較方便！畢竟在現今社會裡，女子一個人在江湖上行走，會有許多不便之處！」雲想容解釋道。

「師兄！我覺得師父的考慮是周詳的！何況師妹女扮男裝起來，更加俊美出眾！」獨幽簫望著雲想容說道。

凌絕頂一聽，也打趣道：「本來我們三人之中數我最英俊瀟灑，現在師妹女扮男裝之後，成了我們三人之中最俊美的公子，還不知道要迷死多少姑娘呢！」

「好了！師兄！你就別再逗師妹了！再逗下去，她都快要臉紅了！」獨幽簫也打趣道。

「我穿成這樣已經很彆扭，你們兩位做師兄的還拿我這個師妹尋開心，哪天等你們男扮女裝時，就知道其中的麻煩了！」雲想容半嬌羞半生氣地說道。

不一會兒工夫，三人就走到了仙鹿馬場。

仙鹿馬場是一座私人馬場，由柳至禪出錢請人管理的。馬槽中只飼養了四匹壯馬，一匹白色、一匹黑色、一匹黃色、一匹灰色，柳至禪平日騎的是灰馬，凌絕頂騎的是白馬，獨幽簫騎的是黑馬，雲想容則騎的是黃馬。

三人牽馬來到青羊坡，雲想容對凌絕頂與獨幽簫說道：「大師兄與二師兄，你們兩人往東北方向走，我往東南方向走，方向不同，我看我們就此分手，三個月之後，在家中會面，如何？」

「也好！師妹，就照你說的辦！」獨幽簫講完，又情不自禁地望著雲想容說：「師妹，妳一個人在路上千萬要小心才是！可惜我不能跟你一塊走！」

「對！幽簫說得有道理，師妹，千萬要小心，千萬要保護好自己哪！我真恨不得自己會分身術，這樣我就可以一個

人去長安營救杜甫先生，另一個人陪妳去廬山營救李白先生！」凌絕頂見獨幽篁這麼呵護雲想容，心裡有點不是滋味，於是也趕緊叮嚀幾句，好讓雲想容感受到大師兄對她的關心。

「謝謝兩位師兄對我的關心，我一定會牢牢記住的！在此預祝兩位師兄順利完成任務，早日家中團聚！」說完此話，雲想容就跨上馬背，揚鞭向衡山與廬山的方向馳去。

等雲想容的身影從兩人眼簾中消失之後，凌絕頂對獨幽篁說：「師弟，洛陽離長安很近，我們兩人同行，這樣，彼此也可有個照應。不知你的意見如何？」

「這再好不過了！我一切都聽師兄的安排！」獨幽篁面色怡然地回答。

於是，兩人也跨馬向華山、嵩山方向馳去。

4・遊俠客棧

雲想容從青羊坡與兩位師兄分手後，靠近中午的時候，隻身來到了商業繁榮，車水馬龍的玉女鎮。玉女鎮上各行各業都有，大街上還有賣藝的、擺算命攤的、鬥雞的，她下馬想找那間五年前師父柳至褌帶他們弟子三人去過的遊俠客棧。走著走著，一轉眼之間就望見「遊俠客棧」四個大字。

進了客棧，栓好馬匹，店小二問他道：「這位客官，你要吃點什麼？」

「給我來一碗榨菜肉絲麵，外加兩碟滷菜！」雲想容隨即答道。

　　「需不需要來點女兒紅？」店小二見雲想容一身男子打扮，自然認為她應該喜歡喝酒才對。

　　「謝謝！在下最近腸胃不適，大夫囑咐我千萬不可飲酒！」雲想容順口對店小二撒了個小謊。其實，雲想容平日並無喝酒的習慣，她師父柳至禪也再三叮嚀他們三位弟子切莫因為貪杯而誤了正事。所以她來客棧用餐，自然不會叫店小二拿酒上桌。

　　當雲想容正在等待上菜時，突然一個全身戲服打扮的江湖賣藝人士走進店裡。他右手拿把扇子，轉身把臉一抹，立刻變成另一個人的臉面；這樣轉身十次，就變了十張不同的臉來。速度之快，讓人看得眼花撩亂。

　　表演完畢，四周響起如雷的掌聲。店裡的食客紛紛將賞錢丟進賣藝人士的紅色袋子裡，雲想容也不例外。這就是流行於四川一帶的「變臉」特技。

　　事實上，雲想容對「變臉」特技早已司空見慣。

　　用完午餐之後，雲想容正想牽馬出店，這時客棧門口傳來一陣吵雜聲，原來是五個手持三尺長牛刀的彪形大漢，把一位披頭散髮的老者團團圍住。由於老者的面龐被長髮遮住，因此雲想容看不清楚老者的長相。

　　「峨嵋老怪！看你往哪逃？二十年前你殺了我妻子與三歲大的女兒，這筆血海深仇，老子今天非報不可了！」其中一名左臉上明顯有疤痕的中年壯漢，對著老者大喝道。

　　雲想容正預備出手相救時，不料老者卻發狠話了：

「原來是屠牛五刀！我還以為是哪來的混混，這麼蠻橫霸道呢！老夫不是告訴你們多少遍了嗎？殺刀疤老三妻兒的不是老夫，而是另有其人！為什麼你們總是不相信老夫的話，非要苦苦糾纏不可！老夫的耐心是有極限的！我數到三，你們要是再不讓開的話，就休怪老夫翻臉了！一！二！三！」

三聲數完之後，屠牛五刀仍然滿臉殺氣地圍著老者，毫無退讓的跡象。這時，峨嵋老怪突然騰空躍起三丈之高，只聽得「刷！」、「刷！」、「刷！」、「刷！」、「刷！」五道響聲，五位壯漢手裡的牛刀紛紛落地，人也跌得東倒西歪，而峨嵋老怪卻站在正中央紋風不動，地上則散落了五片青色的柳葉。五位壯漢見了此景，自知不是峨嵋老怪的對手，趕忙拔腿就跑，就連平日視作寶物的牛刀也丟棄不顧了。

雲想容在一旁觀戰時，心想：「這位峨嵋老怪輕功絕頂不說，竟能用五片柳葉，從三丈之遠射傷屠牛五刀，由此可見他的內力有多深厚了！」

當雲想容正要凝視峨嵋老怪時，忽見峨嵋老怪把頭一仰，撥開亂髮，露出了他的面貌，原來是一位雙眼皆盲的老瞎子。雲想容大吃一驚，心裡又想道：「這位峨嵋老怪眼睛瞎了還能擲葉傷人，百發百中！武功真是了得！」

離開遊俠客棧後，雲想容立即騎馬向衡山出發。

5‧武當山麓

武當山是道教聖地，峰巒奇麗，谷岩險絕。此山共有七十二秀峰，十一煙洞。唐太宗即位時，曾經下令在山上興建

五龍祠，從此香火鼎盛，朝香之客絡繹不絕，而武林各派也都喜歡到此處來觀摩爭鋒。

凌絕頂與獨幽篁兩人與師妹雲想容在成都青羊坡分手後，即刻馳馬北上，七天之後，他們在正午時分到達了武當山麓。

「師兄，到了武當山，離洛陽與長安也就越來越近了。要不要先下馬休息一會兒？」獨幽篁問身旁的凌絕頂。

「嗯！師弟，聽你的！」凌絕頂也覺得是該休息一下再趕路了。

「師兄，你看！武當山的天柱峰真是一柱擎天，峻險無比啊！」獨幽篁下了馬，仰望山頂，不覺發出驚歎之聲。

聽師弟這麼一說，凌絕頂也連忙下馬，觀賞武當山的秀麗景色。走著走著，兩人忽然看見前面一塊巨碑上題著一首七言詩：高士逸人隱武當，天柱巍巍萬仞長；八方風雲來此會，今日唯我劍如霜！字體龍飛鳳舞，蒼勁有力；再看左下角落款處，竟是「青蓮居士」四個大字。

「青蓮居士？這不正是前輩李白先生的外號嗎？他怎麼也來過武當山？」獨幽篁看了題碑詩的作者之名後，驚訝地問凌絕頂。

「這不稀奇！李前輩最愛雲遊名山大川，他又早有『劍俠』的美名，在武當山留下墨寶，應該是順理成章的事情！」凌絕頂對李白的傳說軼聞早已瞭若指掌，因此他一點也不覺得驚奇。

　　獨幽篁經師兄這麼一說，也就收斂了他的驚訝表情。須臾，他又問凌絕頂道：「既然李白先生劍術如此精湛，那師父又何必派遣師妹前去營救他呢？」

　　「嗯！師弟說的不無道理！這或許是有人冒李白先生之名題的詩作，也或許李白先生的劍術普普通通，根本不是武林英雄的對手！師父曾說李白先生的詩常有誇張之處，不可盡信！」凌絕頂經獨幽篁一提醒，若有所悟地回答道。

　　「師兄！不管怎麼樣！照李前輩的描述，武當山應該是天下英雄的聚會之地，今天我們可能遇到許多武林高手呢！」獨幽篁帶著一臉驚喜的表情說道。

　　「師弟，你講得不錯！我們兩人離家已有七天之久，不知道師妹是不是已經施展奇功，營救李白先生了？」凌絕頂突然想起他的師妹雲想容來。

　　「我真希望她已救出李白先生！」獨幽篁充滿關懷之情說道。

　　「那當然！我也跟你有同樣的想法！我有預感，師妹說不定早已回峨嵋山了呢！」凌絕頂言辭之間，也流露出他對雲想容這位師妹的極度關心。

　　兩人牽馬再向前行走五十步，一間名為「鶴雲樓」的酒樓驀然出現在他們眼前。那是一間雕樑畫棟，酒帘飄揚的兩層樓房。樓前矗立了一雙身長八尺、神態飄然的銅鶴，銅鶴身旁則各有匍匐於地的銅鹿一隻。樓下的兩根楹柱上則刻有一幅對聯：鶴飛樓閣花飛袖，雲鎖峰巒霧鎖林。文辭充滿了道教精神。

「師兄，我們進去打探一下武林消息如何？」獨幽篁看完對聯之後欣然問道。

「好！聽你的！師弟！」凌絕頂昂首答道。說完，兩人將馬栓於樹下，便信步進入酒樓。

此時一樓人聲吵雜，喝酒的喝酒，吃菜的吃菜，閒聊的閒聊，一派熱鬧景象。

「小二！樓下還有沒有桌位？」凌絕頂一進門就對店裡的跑堂問道。

「對不起！兩位客官，樓下已經客滿。樓上也只剩下一個空位！」店小二回答道。

「今天生意怎麼這麼好？鶴雲樓是不是天天都這麼車水馬龍、高朋滿座？」獨幽篁也插嘴問道。

「那倒不是！這兩天下午，因為五龍祠前正舉辦道姑武狀元大賽，所以天下豪傑都聚集於此，想來觀摩一番，所以才這麼熱鬧！要說平日吧，能把樓下坐滿就已經謝天謝地了！」店小二趕忙解釋道。

「好！那就麻煩小二您帶我們上樓去！」凌絕頂說道。於是店小二就帶領他們二人登上二樓。

二樓牆上也掛了一幅裱好的對聯：松影常遮赤松子，石橋每遇黃石公。仙家之氣，溢於字間。

凌絕頂望著這幅對聯發呆，內心暗想：「赤松子與黃石公都是傳說中的神仙，難道在武當山真能遇到他們不成？這怎麼可能呢？」

當他正在胡思亂想之際，店小二卻開口問道：「請問兩位客官要點些什麼菜？」

「你們鶴雲樓的拿手好菜是什麼？」凌絕頂一聽，也隨口問道。

「小店的拿手好菜便是遠近都馳名的『月飄香』！」店小二彎著腰，堆著笑臉說道。

「『月飄香』？這是道什麼菜？」凌絕頂起了好奇心。

「就是紅燒肉的意思！」店小二瞇著眼睛笑答道。

「紅燒肉就紅燒肉，幹嘛取名『月飄香』？」獨幽篁也不以為然地問道。

「據我們掌櫃的說法，月者肉也，因為在字典裡，『月』這個部首就代表『肉』，所以『月飄香』就是紅燒肉香氣四溢的意思！再說，我大唐騷人墨客甚多，我們經營酒樓的也不能不在菜名上講求詩意。是不是？」店小二趕忙解釋道。

凌絕頂與獨幽篁二人相望，禁不住發出會心的一笑。

「那好，小二！就給我們一盤『月飄香』，外加清蒸鱸魚一條，白菜豆腐湯一碗即可！酒就免送啦！」獨幽篁一邊點菜，一邊環顧四周。他發現，在他右邊的方桌上坐著一對滿臉胡腮的中年彪形大漢，在他左邊的方桌上則坐著身穿紅衣的四位少年，年紀大概都在二十左右。再看前面一桌，一個大桌子只坐著一位仙風道骨的老道士，桌上則擺著一個大葫蘆、一把鵝毛扇和兩把三尺長的寶劍。後頭這桌更是奇怪，一個全身髒兮兮的老乞丐，左手拿著大雞腿，右手則懸空端著一罈酒，正準備往嘴裡灌。

凌絕頂也沒閑著，他往左牆角邊偷偷一瞄，就發現那地方有三位年輕貌美的尼姑正在吃飯聊天，她們胸前都掛著一串念珠。再往右牆角邊偷偷一望，又發現四位身穿黃道袍的女道士正在開懷談笑，她們手中則各拿著一本經書。由於距離太遠的緣故，因此他看不清書名。

「師兄，你有沒有注意到，樓上的賓客各路好漢都有呢？」獨幽篁悄悄地對凌絕頂使了個眼色。

「師弟說得不錯，我也已經留意到了！只不過誰是天下第一高手，目前還看不出來就是了！」凌絕頂也壓低聲音答道。

「我想，等下午我們觀摩擂臺賽之後，就可以知道誰是當今武林第一高手了！」凌絕頂也對獨幽篁使了個眼色。

獨幽篁點了點頭。

6・飛天魔爪

午後，驕陽像火傘一樣地照射著武當山頭，五龍祠四周榴紅噴火，荷綠迎風；五龍祠前的擂臺下已經人山人海，擠得水洩不通。擂臺左右兩根圓柱上也貼了一幅對聯：**紫鶴任遊仙人館，青鸞閑上玉女臺**。一看就是道家的氣派。凌絕頂與獨幽篁二人擠不進擂臺前頭，只得站在後頭觀賞。幸好他們二人身子都很高，即使站在後頭，也可以將擂臺上的比武情形看得一清二楚。

第一位出場的是位面貌清俊、身穿紫衣的年輕道姑，只見她手裡拿著一本經書，身上則未帶任何兵器。

「哪!她就是道號『淩空子』的女道士,別看她個子嬌小,一副弱不經風的樣子,她的武功可厲害呢!昨日的氣功內力比賽,她可以單手舉起二百斤重的銅鼎,面不改色;隻手捏碎兩枚雞蛋大的鐵丸,易如反掌;三位壯漢一起用三支尖槍猛刺她喉嚨,而她的喉嚨絲毫未有破皮傷痕,所以贏得了昨日的冠軍。今天要是能在輕功上也有昨日的成績,那她就是今年道姑界的第一武術高手了。」站在淩絕頂與獨幽篁二人身旁的一位黑衣少年正在對另一位白衣少年說話。

淩絕頂與獨幽篁二人聽了之後,不由得向臺上多望了兩眼。

此時,道姑武狀元大賽的主辦人,也就是武當山仙鶴觀的住持雲霞師太在臺上宣佈今天的比賽規則。她聲若洪鐘地對台下觀眾說道:「各位道友!各位英雄好漢!今天的輕功比賽很簡單,只要能從本擂臺飛躍到對面五龍祠的樓頂上摘下青龍旗,誰就是今天的勝利者!昨日氣功冠軍『淩空子』要把這個機會先讓給臺下的英雄好漢!」雲霞師太剛說完話,臺下的人群紛紛轉頭去看五龍祠。這一看,可不得了!原來這五龍祠樓建五層,足足有十丈之高,而比賽擂臺距離五龍祠則有二百步之遠。

「這不是強人所難嗎?」

「只有神仙才辦得到!」

「騎著神龍飛過去還差不多!」

「我看這准是仙鶴觀雲霞師太玩的噱頭!」

　　大家你一嘴、我一嘴地談著、罵著，使得現場像酒樓般的吵雜。等了半個時辰，還未見哪位英雄好漢敢上臺拍著胸膛說：「沒什麼了不起！看老子的！」

　　這時，道號「淩空子」的女道士忽然雙手抱拳對台下觀眾說道：「各位道友！各位五湖四海的英雄好漢！昨日的氣功內力比賽承蒙大家禮讓，使得貧道僥倖得勝，貧道在此謝過。今日之輕功比賽，就讓貧道再獻一次醜吧！」朱唇方閉，臺下便響起了如雷的掌聲。

　　淩空子氣定神閑地將她右手上的一卷紫色《道德真經》朝空中一拋，嘴裡念著：「道可道，非常道！」，剎那間展開雙袖，縱身一躍，踏在經書上直向正對面五龍祠的樓頂上飛去。眼看就要接近五龍祠的樓頂，摘下青龍旗時，忽然間擂臺上不知何時出現一位牛眼矗眉，滿臉落腮鬍的彪形大漢，只見他伸出一雙手掌朝五龍祠的樓頂做出吸拿的動作，不一會兒功夫，淩空子便從二百步之遠的空中往後急速倒退，掉落在擂臺上。

　　「哈！哈！果然是一位年輕俊美的道姑！老子好久沒跟小道姑親熱了！今天正是個難得的好機會！」彪形大漢見擂臺上的淩空子生得如此清俊，忍不住哈哈大笑道。

　　「大膽狂徒！竟敢來此聖山擾亂盛會！還不快快退下去！」仙鶴觀的住持雲霞師太目睹此狀，立刻向彪形大漢厲聲喝斥道。

　　「退下去？該退的應該是妳這死老太婆才對！」彪形大漢說完，右掌一揮，便把雲霞師太打下臺去，全身動彈不得。

　　凌空子見雲霞師太被彪形大漢打下臺去，心頭一驚：「這人是何方來頭，竟有如此高的武功？連雲霞師太都對他莫可奈何？」於是起身問道：「不知好漢尊姓大名？為何要來此干擾比武大賽？」

　　「老子外號『飛天魔爪』，只有老子才有資格當天下的武狀元！其他人的雕蟲小技根本不配上臺！」彪形大漢終於說出了他的來路。

　　「『飛天魔爪』？那不是江湖上近日盛傳的大淫賊嗎？糟了！這下可不好了！」凌空子一聽到「飛天魔爪」四字，心頭遂涼了一截。

　　「怎麼樣？有誰不服氣的，可以上臺來跟老子比劃比劃！老子如果輸了，甘願任人剁掉兩隻手掌！」飛天魔爪一副不可一世的囂張樣子。他用一雙牛眼向臺下掃描了一下，台下的觀眾嚇得走掉了一大半。

　　「休說大話！貧道來也！」從剩下的人群中站出一位玉樹臨風的老道士，手上拿了把鵝毛扇子。

　　「你是哪個道上的？」飛天魔爪不屑一顧地問道。

　　「貧道乃青城山青牛宮的壺天真人，今日雲遊至此，趁此機會正好可與好漢比劃一番！」壺天真人撚鬚微笑道。

　　站在臺下的凌絕頂與獨幽篁二人一聽到「青城山」三字，心想：「我們成都地區的高人也來此一遊，那非得好好觀賞一番了！」

　　「壺天真人？老子不管你是真人還是假人，只要你敢上臺，老子就叫你成為廢人！」飛天魔爪瞪著壺天真人說道。

「我看你是癩蛤蟆張嘴——好大的口氣！貧道今天就要你見識一下鵝毛神扇的厲害！」說完，壺天真人便揮著神扇輕輕躍上擂臺。

「臭道士，你要跟我比劃什麼？」飛天魔爪仰著下巴說道。

「貧道先跟你比氣功，再比輕功！」壺天真人說道。

「怎麼個比法？」飛天魔爪問道。

「誰能將二百斤重的銅鼎浮在半空中旋轉八圈，誰就是贏家！」壺天真人指著擂臺上的一座大銅鼎說道。

「好！誰要是轉不了八圈，誰就是烏龜王八！」飛天魔爪也眉飛色舞地說道。

「好！貧道就先開始獻醜了！」壺天真人說完，就用手上那把鵝毛扇子向銅鼎輕輕一扇，那座銅鼎便真的浮於半空中，然後開始旋轉。

「一圈！二圈！三圈！四圈！五圈！六圈！七圈！」臺下的觀眾一面跟著數圈數，一面鼓掌。說也奇怪，當銅鼎轉完第七圈之後，就浮於半空中不轉了。任憑壺天真人怎麼揮扇子，它也一動都不動，急得壺天真人像熱鍋上的螞蟻似的。他心裡明白，這是飛天魔爪在一旁偷偷施展內功，逼他獻醜！

「怎麼樣？就是轉不了八圈吧！？現在就由老子來讓你開開眼界！」飛天魔爪言畢，用右手向靜止不動的銅鼎一揮，銅鼎便開始旋轉。

「一圈！二圈！三圈！四圈！五圈！六圈！七圈！八圈！九圈！十圈！十一圈！十二圈！十三圈！十四圈！十五

圈！十六圈！」臺下的觀眾也一面跟著數圈數，一面鼓掌。在一旁觀看的壺天真人運用體內真氣想叫銅鼎停下來不動，然而，就算他運盡真氣，卻始終無法將銅鼎鎮住不動，這表示飛天魔爪的內力比他要技高一籌。

當銅鼎轉到第十六圈時，只見飛天魔爪大喝一聲，它就自動停了下來。

「好！轉個十六圈就行了，反正老子已經贏定了！現在馬上就來比輕功！」飛天魔爪趾高氣昂地對一旁的壺天真人說道。

「好！比氣功是我先你後，現在比輕功就輪到你先我後了。如何？」壺天真人也傲氣十足地對一旁的飛天魔爪說道。

「誰先誰後，老子並不在乎！臭道士，反正這場比賽你輸定了！」飛天魔爪眉飛色舞地回答道。

「大話先別說得太早！誰輸誰贏還未知分曉呢！你說，該怎麼個比法？」壺天真人搖了一搖他的鵝毛神扇。

「很簡單！數到五，誰能來回從擂臺飛躍到對面五龍祠的樓頂上，誰就是冠軍！怎麼樣，敢不敢跟我比劃？」飛天魔爪用鼻孔冷笑道。

「好！就照你的辦法！你先開始吧！」壺天真人泰然說道。

「那好！看清楚老子的『一步登天』術！」飛天魔爪話才說完，人已飛到了五龍祠的樓頂上，還沒等臺下的觀眾鼓掌叫好，他又飛回了擂臺。速度之快，令人眼花撩亂。

　　站在臺上的壺天真人，本想用鵝毛神扇將飛天魔爪扇回，卻完全阻止不了他的快速飛行。

　　「怎麼樣？臭道士，該你獻醜啦！」飛天魔爪得意地說道。

　　「沒問題，是該輪到貧道獻醜了！」說完此話，只見壺天真人飄然凌空，朝五龍祠的樓頂飛去，然而正當他快要接近樓頂時，突然感到有一股強大的吸力將他往後拉回，他立即運氣，試圖阻擋這股吸力，但卻徒勞無功。須臾之間，他就像女道姑凌空子一樣，被吸回擂臺。

　　「哈！哈！哈！臭道士！飛不出老子的魔爪吧！虧你還叫什麼『真人』！我看乾脆就叫『假人』算了！」飛天魔爪見壺天真人被他輕易吸回，禁不住朝天狂笑了三聲。

　　在臺下觀戰的凌絕頂與獨幽篁一見此狀，二人都驚呆不已。

　　「這飛天魔爪的武功實在太厲害了！」凌絕頂心裡頭盤算著如何去會這位武林高手。

　　獨幽篁的想法也跟他的師兄一樣，只不過他的膽子卻沒有師兄凌絕頂那麼大。畢竟，眼前這位飛天魔爪的武藝著實太驚人了。

　　「好了！臭道士！你氣功、輕功都比不過老子，你說該怎麼罰你？」飛天魔爪擺出一副勝利者的姿態，對著壺天真人說道。

　　「貧道任你處罰就是了！」壺天真人無可奈何地回答道。

「好！這是你說的，可別反悔！」飛天魔爪說完，就對著臺下的觀眾大聲喝道：「各位江湖朋友，今天你們大家都是見證人。青城山的壺天真人連輸老子兩場比賽，他甘心任由老子處罰！那，老子是砍他的頭，剁他的手腳，還是廢掉他的武功好呢？」

臺下的觀眾聽了之後，個個噤若寒蟬，不敢吭聲，生怕一不小心說錯話，就會要了自己的小命。

「好！如果大家沒有意見，老子就把處罰的方式告訴大家！今天老子既不砍他的頭，剁他的手腳，也不廢掉他的武功，而是要他表演一場精彩的好戲！是什麼好戲呢？就是要他跟道姑凌空子在臺上表演男女耳鬢廝磨的親熱動作，大家說這樣好不好？」

飛天魔爪講完，用牛眼看了一看臺下的觀眾，臺下仍然是鴉雀無聲，一片寂靜。

「你這無恥的武林敗類！竟敢羞辱道門聖地！」躺在地下動彈不得的雲霞師太一聽之下，氣得破口大罵。而臥在臺上的道姑凌空子和壺天真人二人也都搖搖頭，抵死不從。

「哼！你們不想做也不行！老子今天非要見識見識你們道界房中術的技巧不可！」飛天魔爪面目猙獰地說道。

7・魔爪斃命

道姑凌空子聽了，正準備咬舌自盡，而就在此千鈞一髮之際，突然間臺下有人大喊道：「且慢！等贏過我，再讓他們表演也不遲！」

原來，在臺下大聲叫喊的不是別人，正是柳至禪的大弟子凌絕頂，他喊完後，便縱身一躍飛上擂臺。大家一看，站在臺上的這位白衣少年竟然手無寸鐵，不由得替他捏把冷汗。

在臺下的獨幽簹見狀，本想飛上擂臺助凌絕頂一臂之力，可是他知道凌絕頂這位大師兄一向喜歡「獨當一面」，而且自尊心極強；所以他只有「按兵不動」，靜觀其變。

飛天魔爪冷不防被凌絕頂的動作嚇了一跳，隨即怒斥道：「你這小毛頭子也敢上來跟老子較量，你是吃了熊心豹子膽不成？你不瞧瞧臺上臺下這三個人的下場？」他連問對方的姓名都懶得問一聲。

「晚輩什麼膽都不必吃，只吃饅頭便綽綽有餘了！」凌絕頂對著飛天魔爪大聲回答道。

「小子嘴倒挺硬的嘛！待會兒老子看你骨頭硬不硬！」飛天魔爪嘲笑道。

「骨頭硬不硬，只要比劃過了就見分曉！」凌絕頂面不改色地說道。

「好！怎麼個比劃法？你說！」飛天魔爪斜看了凌絕頂一眼。

「很簡單！先比作詩！再比氣功！」凌絕頂回答道。

「好！小毛頭子！作詩怎麼個比法？別以為老子長得粗裡粗氣的，就不會吟風弄月！我大唐上至皇帝，下至樵夫，沒有不會作詩的！」飛天魔爪傲然說道。

「作詩是誰能在三步之內吟出一首自己創作的五言詩，誰就是贏家！怎麼樣？敢不敢跟晚輩比劃比劃？」凌絕頂繼續激怒飛天魔爪。

「沒有能難倒老子的東西！快說！如果你輸了，該怎麼辦？」飛天魔爪仍然擺出一副不可一世的姿態來。

「如果晚輩輸了，要殺要剮，任憑前輩處置就是了！」凌絕頂答得也乾脆。

「好！如果老子輸了，也任憑你小毛頭子處置！絕無反悔之言！」飛天魔爪也表現得很豪邁。

飛天魔爪原以為凌絕頂這位少年在他的雙眼直視之下，早已嚇得魂飛魄散，不敢正視，誰知對方臉上毫無懼色，依舊凝視著他的雙眼……

正當飛天魔爪心中怒火快要燃燒之際，凌絕頂突然大聲對他吟唱道：飛來一雄鷹，天下皆震驚；魔頭跪地哭，爪牙臉色青。

飛天魔爪一聽此詩，氣得火冒三丈，一時之間竟無法張嘴賦詩。

「一步！兩步！三步！好！時間已到！你輸了！」凌絕頂走了三步之後回頭笑說道。

「輸就輸！有啥了不起的！我的氣功就要讓你甘拜下風了！說吧！小毛頭子！氣功要如何個比法？」飛天魔爪氣呼呼地說道。

「很簡單！只要能將對方舉起來拋入空中十丈之高，再打轉十圈，誰就是贏家！」凌絕頂指著五龍祠樓頂說道。

「好！聽你的！誰先來？」飛天魔爪問道。

「敬老尊賢，當然您先來！」凌絕頂笑答道。

「那老子就不客氣了！」飛天魔爪說完，立刻跑前去抓凌絕頂的身子，可是任憑他雙手怎麼使力，都無法將對方舉起來，更遑論拋空打轉了。這樣試了十幾回，他手已發酸，腳已發麻，整個人幾乎要攤在臺上了。

這時，凌絕頂大叫道：「輪到我了！」說完，立即雙手運氣，將飛天魔爪這條大漢由地上往空中一拋，在空中不停打轉，而且越轉越高，幾乎接近了五龍祠的高度。這時臺下忽然有人大喊道：

「摔死他，這個大淫賊！」

「對！摔得他粉身碎骨，這個武林敗類！」

「千萬別放過他，免得縱虎歸山！」

凌絕頂本想教訓一下飛天魔爪便適可而止，然而群眾的憤怒，讓他覺得不無道理，於是狠下心來，手掌心向下一翻，剎那間，飛天魔爪就從高空中一直往下墜落，終於摔成肉餅，氣絕身亡！

臺下觀眾見飛天魔爪已經身亡，於是紛紛鼓掌叫好，就連倒在臺上的凌空子與壺天真人也都站起來向凌絕頂致謝。

「真是英雄出少年！」

「真是後生可畏呀！」

「不曉得他是哪門哪派的高手？」

大夥兒你一言、我一語的談論個不停。

凌絕頂本想說出自己的門派與法號，讓江湖上見識一下至禪門的神奇武功，自己也可藉此揚名立萬。但是，一想起師父柳至禪對他們三人的叮嚀，也就不敢洩漏半個字。

這時，獨幽篁上前對著臺上的凌絕頂大叫道：「師兄！恭喜你打敗武林高手飛天魔爪了！」

凌絕頂正在擂臺上東想西想時，忽然聽到有人喊他師兄，這才回過神來，趕忙跳下擂臺，對獨幽篁說：「師弟！此處不宜久留，我們還是快馬加鞭，往洛陽、長安方向前進吧！」

獨幽篁點了點頭後，二人便走下山，策馬離開了巍峨崢嶸的武當山。

8・獨馳而去

一路上獨幽篁看起來似乎是心事重重的。

「師弟！你在想什麼？」凌絕頂回過頭來問獨幽篁。

「喔！我是在想師妹現在的情況如何？」獨幽篁順口答道。

「對了！你不提，我倒忘了！我也很擔心師妹的安危！只不過我們現在有任務在身，不能去跟蹤她、保護她了！」凌絕頂流露出他對師妹的關愛之情。

二人騎著騎著，在黃昏時刻終於來到了黃龍鎮。

黃龍鎮是個離洛陽不遠的小鎮，鎮上住了千戶人家。街道上行人熙熙攘攘，十分熱鬧。鎮上最有名的就是黃龍客棧，那是間三層樓高的建築，凡是要往洛陽去的車馬，都會在此停留餐宿。

「師弟，今晚我們恐怕要在此地過夜了！」凌絕頂轉頭說道。

「嗯！天色已暗，是該在此過夜了！」獨幽篁點了點頭。

於是二人進入黃龍客棧，把馬匹行李安頓好、房間選好，便下樓用餐。

「聽說叛賊安祿山已經在洛陽自稱大燕皇帝，他還拘禁了大唐的文武百官，逼他們為他效命呢！」

「我還聽說連大詩人王維也被安祿山囚禁在洛陽城呢！」

「噓！小聲點！這裡可能有安祿山的耳目，萬一被他們聽到，可要殺頭的！」

隔壁餐桌上三個商人正在交頭接耳地談論安祿山的事情。

其實，他們三人的交談早被凌絕頂與獨幽篁聽得一清二楚，凌絕頂裝作沒聽到似地坐了下來，他向獨幽篁使個眼色說道：「師弟，這裡離狼窩越來越近了。我們可要小心些才是！」

「師兄，我知道了！」獨幽篁也向凌絕頂使了個眼色。

晚餐後，他們二人回房休息，房內燈火通明，二張單人床上都鋪好了新的被單。

「師弟，今天一天可累壞了，還是早點休息吧？明天還要趕路呢！」凌絕頂打了個哈欠之後，倒在床上對獨幽篁說道。

「嗯，師兄大戰飛天魔爪，耗費體力，的確該早點休息了！」獨幽篁說完之後，也倒在另一張床上。

睡到半夜時，凌絕頂作了一個噩夢。他夢到自己的一身輕功被師弟全部吸盡，成為武林盟主，天下英雄都要聽命於師弟。而他自己卻武功盡失，被一群野狗追趕，害他嚇出了一身冷汗。夢醒時，他望望隔壁床上的獨幽篁，心想：「還好，這只是場夢罷了！要不然自己就被一群野狗給生吃了！」想著想著，心裡頭還有餘悸。

這也難怪，因為他的內力雖然不如師弟獨幽篁那麼厲害，具有二十隻猛虎的氣力；但輕功卻是三人當中最厲害的一位，就連師妹雲想容也略遜他一籌。如果他連最拿手的輕功都喪失了，那他這位高高在上的師兄還有甚麼尊嚴可言了。

獨幽篁則睡得很甜，在夢裡，他見到自己跟師妹雲想容拜完天地，進入洞房，小倆口從此過著恩愛纏綿的日子。於是，他嘴角泛出一絲的微笑。當然，由於房間漆黑一片，即使他笑容再燦爛，凌絕頂也無法看見。

第二天清晨，雞叫聲吵醒了他們。吃完早餐後，凌絕頂忽然對獨幽篁說：「師弟，你看這樣好不好？為了不耽誤師父交給我們的任務，我們就此分手，你趕往洛陽營救王維，我趕往長安營救杜甫！如何？」

「那當然好！我們二人各救各的，誰也別耽誤誰！」獨幽篁沒想到師兄凌絕頂這麼快就要跟他分道揚鑣。

「好！既然師弟胸有成竹，那我們就此別過，事情辦成後，在成都老家見面！」凌絕頂見獨幽篁答得乾脆，他也就順勢起程了。

9‧羞花崗上

目送師兄凌絕頂馳去之後，獨幽篁一個人騎著馬向北方繼續前進。一個時辰之後，他來到了羞花崗。

羞花崗是一座小山崗，高度只有八丈之高，崗上開滿了金黃色的含羞花。每朵花都有八個花瓣，而且香氣撲鼻，沁人心脾。

獨幽篁被這一片金黃色的花海給吸引住了，他心想：「不知師妹看過這種花沒有？要是師妹也來這的話，那她一定愛死這個地方了！」想完，於是他下了馬來，準備摘朵含羞花聞聞。

正當獨幽篁摘了一朵花，放在鼻子上嗅聞時，突然背後傳來：「大膽採花賊！還不快快給我住手！」的人聲。他回頭一看，原來是一位扶著拐杖，老態龍鍾的婦人。

「您是……」獨幽篁問道。

「老娘就是人稱『羞花姥姥』的羞花崗主人！」羞花姥姥大聲說道。

「原來是羞花姥姥！晚輩獨幽篁拜見前輩！」獨幽篁行禮答道。

「臭小子！你知道這崗上的含羞花是不能隨便亂摘的嗎？」羞花姥姥瞪目揚眉說道。

「晚輩的確不知！晚輩還以為這是人人都可摘的野花呢！」獨幽篁笑答道。

「人人都可摘的野花？你也太瞧不起本崗的花了！告訴你，這花是老身親手種植的！這是十年才開一次的含羞花，它比洛陽的牡丹花還要名貴百倍呢！」羞花姥姥氣得大罵道。

「含羞花？嗯！名字很美！很有詩意！可是，晚輩從來沒聽過這種花名！」獨幽篁解釋道。

「臭小子！你太孤陋寡聞了！這一朵含羞花的價錢就值一百兩黃金！」羞花姥姥仍然怒容滿面地說道。

「什麼？一百兩黃金？這也貴得太離譜了吧？」獨幽篁一聽，馬上傻了眼，不以為然地說道。

「一點都不離譜！就憑它十年才開一次花，而且花瓣可治婦人不孕症，它就值這個價錢！」羞花姥姥答道。

「原來如此！晚輩小看這含羞花了！」獨幽篁語氣流露出一點歉意。

「臭小子！老娘現在給你兩條路走！第一條路就是，你拿出一百兩黃金來賠償！」羞花姥姥說道。

「如果晚輩不賠呢！」獨幽篁問道。

「對不起！那就只有走第二條路了！」羞花姥姥昂首說道。

「什麼路？」獨幽篁張大了眼睛問道。

「廢掉你一隻手！用右手摘花就廢掉右手！用左手摘花就廢掉左手！」羞花姥姥眼帶殺機地說道。

「那晚輩把花還您老人家就是了！」獨幽篁故意嚇得趕緊將手上的一朵含羞花遞給羞花姥姥。

「來不及了！」羞花姥姥狂笑道。

「為什麼來不及？」獨幽篁一頭霧水。

「因為含羞花還沒完全盛開，只有盛開的含羞花才有藥效！因此，你剛摘的那一朵等於是朵無用的花！臭小子！明不明白？」羞花姥姥得意地說道。

獨幽篁一聽，暗想：「糟了！我身邊只有十兩黃金！這可怎麼辦？」於是他對含羞姥姥說：「晚輩身上只有十兩黃金，不知道行不行？」

「十兩黃金？當然不行！差太遠了！」羞花姥姥搖搖頭說道。

獨幽篁心想：「這羞花姥姥武功到底如何，我也不清楚，因此不能貿然施展武功！」

正當獨幽篁苦無良策時，忽然聽到有人大喊道：「死老太婆！妳又在這偷拐詐騙啦！真是死性不改！看我閉月丐翁怎麼收拾妳！」

獨幽篁定神一看，來者是一位衣衫破爛的老乞丐，年齡看上去大約在七十歲左右。

「臭要飯的！你吃撐啦！又來管老娘的閒事！」羞花姥姥一見閉月丐翁，立即還以顏色道。

「這哪是閒事？這是人人都該管的正事！明明這含羞花每年秋季都會開花，妳卻騙人家說十年才開一次花！明明這含羞花並無治婦人不孕症的藥效，你卻騙人家說能治婦人不孕症！明明這含羞花一朵只值一個燒餅的價錢，你卻騙人家說值一百兩黃金！明明這含羞花是開在漫山遍野的野花，誰都可以摘它下來，妳卻騙人家說妳是羞花崗主人！花是妳親手種植的！妳這羞花姥姥也真羞死人了！」閉月丐翁義正辭嚴地將羞花姥姥的謊言一一戳穿。

「閉上你的狗嘴！」羞花姥姥惱羞成怒地指著閉月丐翁大罵道。

「多謝閉月前輩的仗義執言，晚輩差點讓這惡婆娘給騙了！」站在羞花姥姥一旁的獨幽篁，聽完閉月丐翁的一番話之後，立即心存感激地答謝道。

誰料他剛說完話，羞花姥姥便立即勒住他的脖子道「臭小子！既然被你知道真相，今天的羞花崗就是你的葬身之地！」

「放開他！有本事沖我來！」閉月丐翁見狀，馬上制止羞花姥姥的舉動。

「放了他？可以！只要你能拿出一百兩黃金，我馬上就放了他！」羞花姥姥提出了放人的條件。

「一百兩黃金？簡直是無理取鬧！」閉月丐翁一聽，氣得破口大罵道。

「好！不給是吧？那，這臭小子死定了！」羞花姥姥說完，就準備用力掐獨幽簹的脖子。

正在此時，閉月丐翁一個迅雷不及掩耳之勢，已把獨幽簹從羞花姥姥手中救出。

「臭要飯的！竟敢壞了老娘的好事！看老娘怎麼用羞花毒蜂治你們！」羞花姥姥說完，將手中拐杖一揚，只見從羞花崗四周鑽出一大群毒黃蜂向閉月丐翁與獨幽簹迅速飛來。

獨幽簹一時不知所措，而閉月丐翁卻昂然不動地大喝一聲：「閉月金罩！」，於是在他倆一丈之內形成了一股形狀如大鐘的紫色氣流，毒黃蜂一觸碰到這股氣流，紛紛燒焦斃命。

羞花姥姥見狀，大吃一驚，趕緊施展輕功，飛出了十丈之外。而閉月丐翁也拉著獨幽簹的右手飛快地追了上去。追了五十丈的路，仍不見羞花姥姥的蹤影，於是又飛回原地。

「哼！今天算這死老太婆走運！」閉月丐翁對獨幽簹說道。

獨幽簹心想：「這閉月丐翁輕功了得不說，他的『閉月金罩』更是一絕！幸好我未出手與羞花姥姥相搏，否則就見不到這精采的一幕了！」獨幽簹想罷，便謝過閉月丐翁，向他告別。

10·臥藏酒樓

離開羞花崗之後，獨幽簹再繼續奔馳。大約半個時辰之後，他來到了人山人海的的「天人鎮」。這時臨近中午，他已

饑腸轆轆，需要找間酒樓充饑解渴一下。他見前面有一間名叫「臥藏樓」的酒樓，於是便下馬走了過去。

「臥藏樓」是間兩層樓高的酒樓，樓前有一大片空地。一樓兩根楹柱上則刻了一幅對聯：臥虎南山山屹屹，藏龍北海海泱泱。獨幽篁對著楹柱念了一下，感覺其中似乎含有深意。

「客官！您是頭一回來我們天人鎮的吧？」店小二一見獨幽篁踏進門檻，就笑臉迎人地問道。

「在下的確是第一次來到貴寶地，不知貴寶地為何要稱作『天人鎮』？難道跟西方佛祖、天神有關？」獨幽篁心中有了疑問。

「客官！不瞞您說！很多外來賓客都會有這樣的疑問。其實，這跟什麼『天人五衰』講的快要衰亡的天神毫無半點關係！它的意思指的是『天外有天，人外有人。』！懂了吧？」店小二隨即解釋道。

「原來如此！」獨幽篁終於明白了這座鎮名的真正含意。

點了三道菜之後，獨幽篁就上二樓找個空位坐下來歇息。

坐定後。他往四周一瞧，靠窗邊座位坐了一位戴寬邊帷帽，用細網遮臉的彩衣姑娘，餐桌上已擺著碗筷酒壺。獨幽篁心想，這姑娘大概是剛吃飽飯了吧，否則戴著遮臉的帽子用餐，多麼不方便啊。

當獨幽篁正凝神思索時，忽然有三位身背大刀的壯漢跑到那姑娘身邊，還未經人家同意，一屁股就坐在三張空椅上。

身穿灰衣，橫眉豎眼的壯漢帶著輕挑的語氣說道：「小姑娘，一個人喝酒太寂寞了吧？要不要大哥哥陪妳喝個交杯酒？」

「是啊！我們也來交個杯如何？」另外兩位壯漢也跟著調戲道。

獨幽篁見狀，很想打抱不平，跑上窗邊去教訓那三個輕薄的壯漢。可是，臨行前師父柳至禪對他們的諄諄告誡以及交代的重大任務，都令他不敢輕舉妄動。想到這兒，他只有靜觀其變了。

「好！三位大哥哥想要喝交杯酒是吧？那好！小妹先給你們斟酒！」誰知那彩衣姑娘卻大大方方地替三位壯漢一一倒酒，一點也無害臊或膽怯之意。獨幽篁卻暗地裡為她擔心。

三位壯漢聽了彩衣姑娘之言，樂得七葷八素，趕緊舉杯就喝，沒想到酒杯到了嘴邊，突然大冒白煙，燙得他們三人嘴唇起泡，哇哇大叫。

這時，彩衣姑娘笑著問道：「三位大哥！交杯酒好喝嗎？」

三位壯漢一面摀著嘴唇，一面往樓下快速跑去。

獨幽篁在旁邊暗想：「這姑娘的內功真是呱呱叫，竟然可以在一瞬間讓溫酒沸騰起來，燙人唇舌！那，同樣的道理，她也可以讓溫水在瞬間結成冰塊，讓血液凝結不動囉！我若能有這樣的絕世內功，那該有多好啊！」

正當他胡思亂想之際，只見一位身高八尺、虎背熊腰的黑衣大漢，提著雪亮的三尺劍，匆匆上了樓來。他一見窗邊的彩衣姑娘，於是恨得咬牙切齒道：「大膽賤丫頭！死丫頭！

竟敢用熱酒燙傷我的三個好兄弟！看我大爺今天怎麼撕爛妳這張賤嘴！剁爛妳這雙賤手！」狠話一說完，就舉劍往姑娘身上刺來。

劍還未觸身，彩衣姑娘輕輕一個燕子翻身，就從窗戶飛了出去；那大漢也不含糊，隨即跟著飛出去。兩人就在樓下空地開闢了戰場。

其實，彩衣姑娘在二樓跟黑衣大漢交手，根本不成問題。只是她不想讓酒樓成為戰場，弄壞桌椅，嚇跑顧客罷了。

獨幽篁見狀，也即刻下樓前去觀戰。

黑衣大漢手提長劍，彩衣姑娘則手無寸鐵，從表面看來，彩衣姑娘似乎居於下風，然而她徒手與那黑衣大漢戰了三十回合，黑衣大漢的長劍卻觸及不了她的身子。她的輕功由此可見一斑。

黑衣大漢眼見彩衣姑娘不好對付，於是出其不意地從懷中掏出三枚流星鏢，朝半空中翻騰的她射過去。

彩衣姑娘不慌不忙從空中翩然降下，她嘴裡含著一枚，另外兩隻手的手指也各夾了一枚。

黑衣大漢見狀，正想從懷中再掏出暗器襲擊時，彩衣姑娘嘴裡、手裡的三枚流星鏢已經迅速射中了黑衣大漢的額頭，只見他血流如注，當場倒於地下，奄奄一息。

圍觀的群眾嚇得一哄而散，只剩獨幽篁站在原地不動。

彩衣姑娘見眾人都已散去，卻只剩一位少年站在空地上，便偷偷望了獨幽簹一眼，當她發現對方並沒有異常動靜之後，立即上馬朝西南方馳去。

獨幽簹見彩衣姑娘安然離去，自己卻無出手相救的機會，便快快然策馬離開天人鎮，朝洛陽方向奔馳而去。

大唐才子蒙難傳奇

第四回

菩提寺中識王維
血瀝丹心若寒梅

1・少林寺僧

　　洛陽與長安都是文化古都，而歷代帝王在此二地建都的也大有人在。長安雖然是大唐的國都，然而洛陽經常是大唐君王的行宮，其建築、其地位，往往與長安並駕齊驅。因此長安有「西京」之稱，洛陽則有「東京」之稱。

　　洛陽東南方是著名的中嶽嵩山，山峰奇峻，景色宜人，少林寺便位於少室山下的鬱鬱叢林中。

　　獨幽篁騎馬來到嵩山山麓，想前去少林寺探聽一下大詩人王維的下落。當他正要敲少林寺的大門時，突然間，大門自動開啟，從門中走出二位胡人打扮、眼神凶煞的中年軍官，二人手上分別拿了根長黑鐵棍。

　　「你是何人？為何來少林寺？」其中一位黑衣軍官見獨幽篁闖入少林寺，便大聲喝斥他道。

　　「晚輩是前來少林寺許願上香的！」獨幽篁一見二人的打扮和神態，便知他們非善類，於是隨口撒了個小謊。

　　哪知他話一講完，黑衣軍官又對他喝斥道：「胡說！少林寺早就不准上香許願了！我看，你大概是少林棍僧請來的救兵，還不乖乖束手就擒！」說完即舉起長棍作勢要打。

　　「慢著！晚輩還未請教二位前輩的尊姓大名！」獨幽篁從容不迫地問道。

　　「哼！連我們大爺倆是誰你都不知道！你也未免太不上道了吧！告訴你，也好讓你死得明白點！我們大爺倆就是安

將軍，也就是如今大燕皇帝手下赫赫有名的『鐵棍雙煞』！等下你挨了我們的鐵棍，就知道『鐵棍雙煞』的威名了！」

黑衣軍官睥睨一切地說道。

「『鐵棍雙煞』？晚輩怎麼從未聽過此一稱號？晚輩只聽過少林十三棍僧援救大唐太宗的故事！」獨幽篁也昂首說道。

「好一個伶牙俐齒的毛頭小子！竟敢出言不遜！今天就讓你見識見識咱們『鐵棍雙煞』的厲害！」黑衣軍官講完，便舉起鐵棍往空中一拋，拋了三丈之高後，鐵棍又輕輕落入他手中。

「怎麼樣？這神龍棍法把你嚇壞了、嚇傻了吧？」黑衣軍官手持鐵棍得意洋洋地笑道。

另一位黑衣軍官則用雙手將鐵棍耍得虎虎生風，一會兒從胸前耍到背後，一會兒從左手耍到右手，無論怎麼個耍法，鐵棍都不會觸碰到身子。他也狂笑道：「怎麼樣？想不想嘗一嘗鐵麻花的滋味？」

「會耍鐵棍跟會耍嘴皮一樣，都是中看不重用的傢伙！有什麼好吹噓的！等一下我就叫你們變成『惡棍雙亡』！」獨幽篁看了兩人的表演之後，忍不住哈哈大笑道。

第一位黑衣軍官聽了，火冒三丈，立即舉棍朝獨幽篁打來，另一位黑衣軍官也氣得七竅生煙，隨即揮棍朝他身上重擊。

若是一般人挨上這兩根鐵棍，即使不當場斃命，也會弄得腿斷手折，成了個廢人。然而，獨幽篁已具有「金剛不壞」

之身，區區鐵棍打在身上就如同柳枝拂身一般，絲毫不覺疼痛。

　　鐵棍雙煞見獨幽篁挨了兩棍卻面不改色，心裡頭就有點發毛，心想：「這小子挨了兩棍卻不叫痛，我就不相信他的身子是銅皮鐵骨做的！」想完，立即持棍再朝獨幽篁打來。

　　獨幽篁不慌不忙地用雙手接住雙棍，然後使勁朝後一甩，只見鐵棍雙煞便雙雙屁股著地，疼得哇哇大叫。獨幽篁則上前一手掐住一個人的脖子往上高舉，一轉眼的時間，鐵棍雙煞便臉色發黑，氣絕身亡了。

　　解決了鐵棍雙煞，獨幽篁一手拎著一具屍體往少林寺大門進去。少林住持海月方丈見狀，大吃一驚，立即合掌說道：「阿彌陀佛！請問施主，這鐵棍雙煞是怎麼回事？」

　　獨幽篁便將剛才他與鐵棍雙煞交戰的情形向海月方丈說明了一下。

　　海月方丈聽完獨幽篁的解釋，遂大歎一聲道：「真是善有善報，惡有惡報！自從一個月前，這鐵棍雙煞私自闖進我們少林寺後，本寺就沒有過過一天安靜的日子！」

　　「晚輩久聞少林寺棍法高妙，曾經屢建奇功，為何不用來對付這鐵棍雙煞呢？」獨幽篁一臉疑慮地問道。

　　「哎！施主有所不知！少林弟子雖會棍法，但使用的都只是短木棍而已，而鐵棍雙煞卻用的是精鐵鑄成的長棍，再加上他們二人棍法精湛，武藝高強，少林弟子根本不是他們的對手，所以只好任憑他們擺佈！老衲本身學藝未精，也只有忍氣吞聲了。」海月方丈邊說邊搖頭。

「江湖上不是傳說少林寺僧人個個身懷絕技，武功蓋世嗎？」獨幽篁又問道。

「那只是傳說而已！根本不是事實！這些誇張不實的傳言可把我們給害慘了！」海月方丈皺著眉頭回答道。

「請問方丈，為何晚輩只見到您一人，不知其他人都到哪去了？」獨幽篁瞄了一下四周後突然問道。

「一半被鐵棍雙煞活活打死，另一半嚇得都逃走了！」海月方丈說到這兒，眼淚便忍不住掉了下來。

「現在鐵棍雙煞已死，您可以重振少林寺了！」獨幽篁安慰海月方丈。

「只怕鐵棍雙煞已死的消息傳了出去，安祿山那逆賊會派人來燒掉少林寺！」海月方丈憂心忡忡地說道。

「沒想到晚輩給方丈添麻煩了！」獨幽篁聽了，覺得有點過意不去。

「施主可千萬別這麼說！施主仗義除賊，老衲感佩都還來不及，怎還會怪罪施主呢？」海月方丈趕忙向獨幽篁解釋道。

「那這兩具屍體該怎麼處理才好？」獨幽篁突然指著腳下的屍體問道。

「埋起來就不會被安賊的手下發現了！只要屍體不被人發現，老衲也就可以放心在少林寺繼續弘揚佛法了！」海月方丈答道。

「對了！鐵棍雙煞的兩根鐵棍還擱在大門外，為了避免安賊手下發現，牽連方丈，晚輩這就去拿進來與兩具屍體一塊埋掉！」獨幽篁忽然想起鐵棍雙煞的兩根黑鐵棍還未處理，於是向海月方丈說道。

「那就有勞施主了！」海月方丈合掌謝道。

於是獨幽篁走到少林寺大門外，將兩根一丈長的鐵棍撿起後，用力扭曲，扭成隻剩原來三分之一長的「麻花」之後，便一手提一根進入門內。

等到他將屍體及鐵棍掩埋妥當後，就準備向海月方丈告別。

「施主如果沒有其他要事，何不在小寺多留幾天？」海月方丈似有挽留獨幽篁之意。

「謝謝方丈的好意！晚輩因有任務在身，不宜久留，就此告辭！」獨幽篁向海月方丈拱手道。

「那老衲就不強留施主了！」海月方丈再度合掌。

「喔！晚輩差點忘了！方丈可知菩提寺如何去法？」獨幽篁還沒走上兩步路，忽然轉頭問道。

「菩提寺就在洛陽城的龍門地區，菩提寺的住持法輪方丈與老衲熟識，施主如有需要老衲幫忙的地方，儘管開口就是！」海月方丈回答道。

「不瞞您說，晚輩此番前去菩提寺，是要營救大詩人王維先生！」獨幽篁終於將他的任務坦白地告訴了海月方丈。

「原來如此！老衲也聽說王維先生被安賊拘禁在菩提寺！如今洛陽已成安賊的賊窟，防守十分嚴密，施主可千萬要小心才是！」海月方丈再三叮嚀獨幽篁。

「晚輩謝謝方丈的提醒！」

告別海月方丈後，獨幽篁騎馬朝龍門方向急馳。

2．龍門石窟

龍門地區的石窟是個佛像林立的雕刻寶地，從北魏時期就開始雕鑿工作，唐代更是藝術工程精進的關鍵期，不少信徒兼雕刻家終身奉獻此一工作，無怨無悔，使得石窟成了佛龕密佈的寶洞。然而安祿山佔領洛陽稱帝之後，石窟的風貌就變了個樣。

獨幽篁經過龍門石窟時，忍不住停下馬來想去流覽一下洞窟，看看裡邊究竟鑿了些什麼佛像。正當他栓好馬進入石窟門內時，忽然從石窟頂端傳來一陣狂笑聲，笑聲完畢，緊接著傳來：「大膽狂徒！竟敢私闖皇門禁地，還不快快報上名來！」的人語聲。

獨幽篁環顧四周，未見半個人影，隨即回答道：「在下獨幽篁，今日特來龍門瞻仰佛祖聖像！」

「瞻仰佛祖聖像？老子坦白告訴你！此處並無佛祖聖像！只有大燕國安祿山皇上的聖像！大唐賤民還不快快叩首行禮！」頂端的人語聲又響了起來。

「佛祖聖像竟敢胡亂改為安賊刻像，簡直是大逆不道！在下恕難從命！」獨幽篁一聽之下，甚為光火，便大聲反擊道。

「不從命者殺無赦！」聲音依稀充滿了陰森肅殺之氣。

突然間，從石窟頂端跳下十尊身高一丈的彌勒佛，將獨幽簹團團圍住。乍看之下，那十尊笑臉彌勒佛極像是石雕的藝品，而事實上那是十尊木雕的空心彌勒佛像，裡面隱藏了十個壯漢。

十尊彌勒佛圍住獨幽簹之後，馬上展開陣勢，從四面八方向他襲擊。前五尊忽焉在前，忽焉在後；後五尊忽焉在左，忽焉在右；看得獨幽簹眼花撩亂，進退失據。等立定腳跟後，心想：「幸好這十尊彌勒佛只會前後左右轉動，不會往空中翻騰，否則我就居於下風了！」

想完，隨即運行「虎掌」，奮力朝每尊接近他的彌勒佛胸前重擊下去。那力道猶如千鈞之石，只聽得「啪！啪！啪！」的幾聲脆響，每尊彌勒佛都迅速裂成兩半，而躲在佛像裡的壯漢終於一個個昏倒於地，恐怕半個時辰之內都醒不過來。

獨幽簹定眼一看，這十個人原來是身著胡服的軍人，每人身高約九尺，看體型也都是虎背熊腰，身材魁梧。他們能藏在一丈高的木雕佛像內，行走揮拳自如，想必是安祿山精挑細選的的武術高手。為了避免引起安賊手下的注意，他趕緊走出門外，策馬朝菩提寺馳去。

3·菩提寺內

洛陽此時烈日當空，暑氣逼人。獨幽簹心想：「現在要是春天就好了！」因為，五年前的春天，他師父柳至禪曾帶他們三個徒弟遊歷洛陽，所以他知道，春天正是牡丹花盛開的

季節，洛陽的牡丹花花瓣碩大，色澤豔麗，一片紅色的花海，看得令人心曠神怡。

想著洛陽的牡丹花，王維的一些名作一句句、一首首浮現在他腦海中：「紅豆生南國，春來發幾枝？願君多採擷，此物最相思。」、「君自故鄉來，應知故鄉事；來日綺窗前，寒梅著花未？」、「獨坐幽篁裡，彈琴復長嘯。深林人不知，明月來相照。」、「渭城朝雨浥清塵，客舍青青柳色新；勸君更盡一杯酒，西出陽關無故人。」、「大漠孤煙直，長河落日圓。」、「江流天地外，山色有無中。」、「行到水窮處，坐看雲起時。」、「明月松間照，清泉石上流。」……能寫出這麼多好詩的王維，到底本人長得怎麼樣？是高？是矮？是胖？是瘦？一想到這兒，獨幽篁對王維又多了一份好奇心。

「趕快見到王維先生本人，也就不必這麼東猜西想了！」，獨幽篁騎馬找尋菩提寺，不到片刻時間，終於讓他見到「菩提寺」三個大字。菩提寺前有安祿山的衛士在四周巡邏。

獨幽篁將馬栓在寺前一棵柳樹下，舉足走向大門。這時門前一位全副武裝的兵士攔住他問道：「這位小兄弟，你要進裡面做什麼？」

「我要拜見住持法輪方丈！我有佛法問題要當面向他請教！」獨幽篁靈機一動，提到了法輪方丈的法號。

「好的！等我搜身後，你就可以進去拜見法輪方丈了！」兵士說完便仔細搜查獨幽篁的全身，看看獨幽篁有無暗藏兵器或密函之類的東西。結果，他並未在獨幽篁身上搜出任何可疑的東西，於是就示意讓獨幽篁進入寺門。

「謝謝！」獨幽篁向兵士致謝後就往大雄寶殿走去，並向寺中和尚打聽法輪方丈的住所。

法輪方丈是位年屆八十，鬚眉盡白的老僧人，他見到獨幽篁這位少年，便合掌問道：「阿彌陀佛！不知施主找老衲有何要事？」

「晚輩是少林寺海月大師介紹來此拜會方丈的！不知此處談話方不方便？」獨幽篁向法輪方丈使個眼色。

「施主請放心！這裡守衛鬆散，不會有人來偷聽我們之間的談話的！」法輪方丈笑答道。

於是獨幽篁便將他的任務以及在少林寺發生的情形，都一五一十地告訴了法輪方丈。

法輪方丈一聽，大吃一驚道：「原來少林寺遭到如此大的劫難，老衲真有點不敢相信自己的耳朵！這或許是少林寺以棍法聞名於世，才遭到安祿山部下的挑釁。像我們菩提寺還有白馬寺的僧人都不會武功，所以安祿山對本寺的監管較鬆，這也就是施主可以自由進出本寺的緣故。」

「既然如此，王維先生要逃出菩提寺，不也挺容易的嗎？」獨幽篁問道。

「施主有所不知，要進本寺參觀、會客容易，但要逃出本寺就沒那麼容易了。畢竟這裡是洛陽，是安賊的大本營，賊兵一下子就會傾巢而出的！再說，王維先生乃是大唐的重臣，名滿天下的詩人、畫家，安賊很想重用他，讓他為大燕新朝效命，豈會讓他從自己的地盤輕易溜走？」法輪方丈解釋道。

「方丈分析的甚有道理！」獨幽簹點了點頭。

「施主如果想見王維先生一面，老衲馬上可以帶施主前去會見他，順便替你們把風！」法輪方丈說道。

「那就有勞方丈了！」獨幽簹向法輪方丈致謝道。

4・柳弱梅香

於是法輪方丈帶著獨幽簹繞了兩個迴廊，來到「風幡軒」會見王維。此時從軒館中傳來一陣如怨如慕、如泣如訴的琴聲，聞之令人斷腸。

「是何人在彈琴？琴聲為何如此幽怨？」獨幽簹聽了琴聲後隨即問道。

「當然是王維先生在彈琴！我們菩提寺僧人並沒有彈琴鼓瑟這樣的音樂高手！古人說過：樂為心聲，王維先生自從被囚禁在本寺之後，心情一直鬱悶不已，彈出來的琴聲自然就特別哀怨動人！」法輪方丈搖了搖頭答道。

「原來如此！」獨幽簹說道。

「誰？是誰在外頭？」軒館內琴聲嘎然停止，傳出了人語。

「是老衲！先生！」法輪方丈回答道。

「原來是法輪方丈！不知方丈找晚輩可有要事？」王維按琴問道。

「老衲帶來一位少年，他說他是至禪門門主柳至禪的二弟子，有事與先生密商！」法輪方丈壓低嗓門說道。

「至禪門？快請他進來！」王維一聽到「至禪門」三字，立即說道。

「好！那老衲就在門外替你們把風！若有安賊兵士前來巡邏，老衲就會咳嗽三聲作為記號！」法輪方丈低聲叮嚀道。

於是獨幽篁推門進入「風幡軒」，會見他心儀已久的大詩人王維。

當他見到面容清瘦，身穿灰衣的王維時，立即高吟道：「墨水蘸紫豪，文采比天高；羲之亭前坐，何人敢操刀？」

王維一聽，大吃一驚。心想：「這不是我七歲時寫的〈詠王羲之〉嗎？我的詩集從未刊登過此詩，眼前這位少俠是怎麼知道的？」

「這是家師從夢中得到的前輩童年詩作，不知晚輩唸得對不對？」獨幽篁見王維一臉疑慮的樣子，趕緊解釋道。

「少俠唸得一點也沒錯！這的確是我七歲時作的五言詩！不知少俠如何稱呼？」王維也說道。

「晚輩獨幽篁！」獨幽篁恭敬回答道。

「獨坐幽篁裡，彈琴復長嘯？」王維詫異問道。

「深林人不知，明月來相照！前輩猜得一點也沒錯！家師因為晚輩景仰前輩詩才，又姓杜，因此特別將晚輩法號取名為『獨幽篁』，作為鞭策之意。」

「原來如此！」王維點了點頭說道。

「晚輩冒昧問一句，前輩的這首短詩以『獨』、『幽』、『深』三字烘托出琴音與人聲的清朗。萬一沒有明月來相照的話，那，豈不要孤寂一宵了？」獨幽篁隨即問道。

「所以明月的來臨非常重要！沒有知音是十分痛苦的事！」王維點了點頭後感嘆道。

「前輩擅長描寫山水田園，不知前輩的山水田園詩是否受到早期詩人的影響？晚輩總覺得前輩的詩風有點接近王勃的田園詩！」獨幽篁忽然壯膽問道。

「沒錯！少俠的眼力很好！我確實欣賞王勃的田園詩，也從他那吸取了不少寫景詠物的靈感！」王維又點了點頭說道。

「晚輩聽說王勃素有『神童』之稱！他六歲就能詩能文，與前輩一樣詩才早露！」獨幽篁又問道。

「他確實如此！而我與他相比，還差了一截！」王維終於笑了一笑。

「前輩過謙了！」獨幽篁也笑道。

「少俠可知道『落霞與孤鶩齊飛，秋水共長天一色。』是王勃的傳世名句？」王維又問道。

「晚輩聽家師提起過！這是〈滕王閣序〉裡寫景詠物的難得佳句，而〈滕王閣序〉被譽為駢文的顛峰之作，王勃乃是不世出的駢文大家！」獨幽篁回答道。

「的確如此！」王維點頭稱道。

「請問前輩，駢文是講究對仗的文體，而律詩也是講究對仗的文體，是否擅長寫駢文的人，也一定擅長寫律詩？」獨幽篁又問道。

「理論上應該如此！但是駢文太長，句型字數固定，文句又要兩兩相對，而對仗太多，就顯得有些冗贅了！一般說來，律詩只有八句，而且中間四句才需要對仗，當然就『以稀為貴』，令人重視了！因此，駢文寫得好的人，未必能把律詩也寫得一樣好！反之亦然！」王維解釋道。

「可是……」獨幽篁又說道。

「可是甚麼？」王維笑問道。

「可是，據晚輩所知，絕句有兩兩對仗的，律詩更有八句皆對仗的，甚至有少數奇特的變體！」獨幽篁鼓起勇氣說道。

「沒錯！但那只是特例！只是少數人奇思異想下的傑作！若人人都這麼寫，律詩與絕句就顯不出重大差別了！」王維笑說道。

「家師秉尊莊子『至言去言』的精神，在教導晚輩們作詩時，不太重視平仄問題，而且主張字數越少越好，因此晚輩擅長的是五言古詩或樂府詩，若是講究平仄，他只鼓勵晚輩們多作二句詩！」獨幽篁又說道。

「二句詩？」王維愣了一下。

「就是對聯！一種只有兩句的五言或七言對偶詩！對了！晚輩差點給忘了！家師曾吩咐晚輩見著前輩面時，務必

要把他的口信，也就是二句詩帶給前輩！」獨幽篁忽然想起一件事情來。

「是什麼樣的二句詩？」王維好奇地問道。

「就是：『柳弱東風解，梅香瑞雪知。』這兩句話！」獨幽篁連忙答道。

「好個：柳弱東風解，梅香瑞雪知。果然是知音之言！」王維聽了獨幽篁所帶的口信，心裡頭總算浮出了一絲暖意。因為，他對大唐君王一向忠心耿耿，就算出了李林甫、楊國忠這樣的奸相，他也絲毫沒有背叛之意；他被安祿山這個叛賊抓來洛陽，本想撞牆一死了之，但又覺得這樣死去頗為不值，再加上母親與弟弟仍在的關係，他只有苟延殘喘地活下來；關在菩提寺這段時間，使他想起了漢朝李陵的遭遇。早年他曾寫詩同情李陵，瞭解李陵投降匈奴實有不得已的苦衷；如今輪到他陷入賊營，他更能體會李陵當初那種被天下人誤解的苦衷。

「既然令師以嘉言相贈，那我也以拙畫回贈好了！」王維說完就鋪紙揮毫，頃刻間就畫出了一幅詩意盎然的「雪梅圖」。

獨幽篁雖讀過王維的詩，卻從未見過他的畫。如今能親身目睹大詩人、大畫家的手筆，真是欣喜若狂，心想：「這幅畫若是拿回家去，師父非誇獎我一番不可！」

「哪！這幅『雪梅圖』已經畫好了，少俠可以帶回去轉交給柳門主，請他多多指教！」王維把畫好的畫交到獨幽篁手裡。

獨幽篁從王維手中接過「雪梅圖」之後，趕緊謝道：「晚輩在這代表家師謝謝先生的贈畫，晚輩相信家師一定會將先生的畫視為珍寶的！」

5・血書白絹

「少俠太客氣了！對了！少俠此次前來菩提寺，不知是否負有特別的任務？」王維又問道。

「實不相瞞，晚輩此次由成都前來洛陽，主要是奉家師之命將先生救出，以免先生遭到安賊的迫害！」獨幽篁說道。

「阿彌陀佛！謝謝柳門主以及少俠的仁風義舉！我實在很想早日逃出賊窩，回到皇上身邊報效國家。然而，我若是現在貿然跟少俠走了，法輪方丈跟他的十多位弟子必然會被安賊處死！我不能因為愛惜自己的性命而讓一群無辜的人為我白白送死，這麼做，我一輩子都會良心不安的！佛祖也不會原諒我的！再說，我曾偷聽到一位兵士的談話，他告訴另一位兵士，安賊在菩提寺附近已暗中部署了一支神箭營，營中有一百位隨時待命的神箭手，就算輕功再好的武林高手也插翅難飛！」王維向獨幽篁解釋道。

「那該如何是好？」獨幽篁一想到自己無法完成師父柳至禪交代的營救任務，心裡頭不免有一點失望。

「少俠且莫擔心！我目前在菩提寺還無性命危險，我也相信唐軍很快就會收復洛陽和長安兩京的。我可以在此地再等上一段時間。我只是擔心將來新皇上收復兩京之後，會將我定罪，那我就含冤莫白了！所以，我請求少俠將我的血書

轉呈給駐守在靈武的新皇上，好讓他瞭解我對大唐的一片丹心！這樣我就心滿意足了。不知少俠能否答應此事？」王維懇切地說道。

獨幽篁聽了王維的真誠表白，趕緊說道：「如果這樣做，真能讓先生達到忠君愛國、洗刷降敵罪名的目的，晚輩就是赴湯蹈火、粉身碎骨，也要親自把先生的血書交到靈武的新皇上手中。」

「好！有少俠這句話，我王維的血也沒有白流了！」話一說完，王維就咬破手指頭，用他的鮮血在一塊白絹上寫道：萬戶傷心生野煙，百官何日再朝天？秋槐葉落空宮裡，凝碧池頭奏管弦。

「好感人的詩！先生不愧是我大唐數一數二的才子，相信新皇上看了之後，一定會瞭解先生的愛國赤忱的！」獨幽篁在一旁看了，禁不住發出讚歎之聲。

「其實，這首詩是日前我好友裴迪來菩提寺看我時，我在他面前想到安賊在凝碧池頭公然支解大唐樂工，一時悲憤湧上心頭，泣極而隨口吟成的七言絕句。」

王維向獨幽篁說明詩作的由來。

「先生所說的裴迪，是不是就是與您一塊歌詠輞川田園生活的那位裴前輩？」獨幽篁聽到「裴迪」二字，立即想到合寫《輞川集》的另一位大詩人。他早已拜讀過裴迪的作品。

「正是他！一想到我們在輞川別墅吟詩彈琴的優遊歲月，我就恨不得身上馬上長出一對翅膀，讓我飛到輞川，在那終老一生！」一提到輞川，王維眼中又浮現了神往之情。

其實。王維一直活在矛盾中，他有時想修道成仙，有時想剃髮出家，有時又想成就一番忠君報國的大業。連他自己也不確定該走哪條路才好。

「對了！既然先生是在裴前輩面前吟成的詩作，那為何不書寫成文字，交由裴前輩轉交給新皇上呢？」獨幽篁忽然問道。

「這有兩個原因：第一、當時我還未有以血寫詩的念頭，第二、裴迪跟我一樣都是手無縛雞之力的文人，托他帶血書給新皇上，恐怕剛出洛陽城就命喪黃泉了。這樣一來，不但害了他，也會害了我自己的性命！」王維趕忙解釋道。

「原來如此！那晚輩絕對不負先生所托！」獨幽篁終於明白了王維的用心。

過了一會兒，獨幽篁又問道：「方才晚輩進入菩提寺時，守門兵士搜完晚輩的身，發現晚輩身上沒帶可疑物品，才准晚輩進來。等下出門時，萬一守門兵士在晚輩身上搜出血書，那該怎麼辦？」

「這少俠不用擔心！我會把血書和『雪梅圖』交給法輪方丈，由他送少俠出門，在少俠上馬時再偷偷交給少俠。」王維答道。

「難道守門兵士不會去搜法輪方丈的身？」獨幽篁還是有點疑慮。

「絕對不會！法輪方丈乃是菩提寺的住持，地位崇高，萬方景仰，守門兵士是不會對他無禮的！」王維也說道。

「還好先生提醒了晚輩一下！不然晚輩恐怕就要當場勒死守門兵士了！」獨幽篁說道。

「少俠千萬不可魯莽！若是殺了守門兵士，我、少俠、法輪方丈，還有菩提寺的僧人都要葬身箭海了！」王維趕緊叮嚀獨幽篁，生怕他小不忍則亂大謀。

「先生請放心！晚輩一定會小心從事的！」獨幽篁也趕緊答道。

「好！那就請法輪方丈進來，由他老人家送少俠出門了！」王維暗示站在門口把風的法輪方丈進入屋內。

於是法輪方丈將王維的血書及「雪梅圖」捲好放入袈裟中，與獨幽篁一塊走出門外。

獨幽篁趁守門兵士不注意時，由法輪方丈手中接住血書、「柳梅圖」以及水袋乾糧後，立即檢查他藏在馬腹下的盤纏是否還在。等確定盤纏分文未少之後，他就告別法輪方丈，上馬往西方馳去。

6・銀鉤六雄

洛陽距離靈武還有好幾百里的路程，中間會經過潼關、長安、馬嵬鎮、黃熊林、紫牛峰等地方。

獨幽篁才騎了不到一個時辰的時間，就快接近潼關了。潼關地處洛陽與長安中間，安祿山軍隊從洛陽攻破潼關後，長安自然就成為安祿山的囊中物了。而眼前的潼關依然是安祿山軍隊佔領的城市。

　　獨幽篁正準備要下馬找個客棧或酒樓之類的地方休息一下時，突然從樹林裡竄出六個光著頭、赤著上身、手持銀鉤的大漢擋在他馬前，同聲喝道：「臭小子！快快留下買路錢！」

　　「什麼馬路錢，牛路錢的！晚輩聽不懂你們在說什麼！」獨幽篁面無懼色地回答道。他心中明白，這六個漢子絕非善類。

　　「臭小子！竟敢跟老子們裝蒜！我看你是活得不耐煩了！」六個大漢邊說邊舞動他們手上長達三尺的銀鉤。那銀鉤舞起來，虎虎生風，好不嚇人！

　　獨幽篁見來者不善，便勸戒六個大漢說道：「各位前輩！光天化日之下搶劫別人財物，這是犯法的行為！晚輩勸各位還是走正道比較心安理得！」

　　「哈！哈！真是笑掉人的大牙！一個毛頭小子竟敢教訓起老子們來了！安祿山兵士進城後，有哪個不燒殺？有哪個不搶劫的？他們能搶，我們為什麼不能搶？我們『銀鉤六雄』行走江湖搶到現在，還沒有敢跟我們講大道理的！」帶頭的光頭大漢仰頭大笑道。

　　「簡直一派胡言！安祿山手下燒殺搶劫，倒楣的是大唐百姓！你們個個身材魁梧，擁有一身本事，不去奮力殺安賊，全心護百姓，反而在此趁火打劫，這算哪門子英雄好漢？」獨幽篁越聽越火，把銀鉤六雄狠狠臭罵了一頓。

　　銀鉤六雄一聽之下，個個惱羞成怒，咬牙切齒道：「今天不讓你這臭小子吃點大苦頭，你是不知道我們『銀鉤六雄』的厲害的！」

「好！既然你們六個執迷不悟，那就休怪晚輩不給你們面子了！」獨幽篁說完，立即跳下馬，往前走過去。

「少廢話！小子！趕快亮出傢伙來吧！」銀鉤六雄各自揮舞著手上的黑色巨斧說道。

「晚輩沒帶傢伙，就以雙手當傢伙吧！」獨幽篁伸出雙手笑道。

「好大的口氣！還不乖乖來送死！」其中一位大漢叫囂道。

獨幽篁穩如泰山般地站立不動，只聽得「嗖！嗖！嗖！」的幾道聲響，六把銀鉤直朝獨幽篁身上砍來，獨幽篁縱身一躍，避開鉤陣，

銀鉤六雄見獨幽篁脫身後，禁不住大怒了起來。

正當銀鉤六雄大怒之際，獨幽篁突然雙手一拉，三位大漢便被他飛速拉到跟前；接著又輕輕一拉，另三位大漢也被他快速拉到跟前。只不過一眨眼的工夫，江湖上號稱「銀鉤六雄」的六個彪形大漢便被獨幽篁這位眉清目秀，身形瘦弱的少年給鎮住了。

銀鉤六雄一看情勢不妙，立刻來個「螞蟻上樹」，將獨幽篁團團抱住，誰知他輕輕將身子一轉，也來個「賴驢打滾」，六個光頭大漢便被甩出二丈之外，跌在地上哀號不已。

「怎麼樣？銀鉤六雄？我看你們的『雄』字，應該改成『狗熊』的『熊』字才對！是吧？」獨幽篁微笑道。

銀鉤六雄知道碰上高手了，一語不發，趕緊起身，拔腿就跑，連他們隨身攜帶的的六把銀鉤也不要了。

　　獨幽篁隨手將六把銀鉤撿起來，逐一扭斷，使得它們馬上變成了一堆無用的廢鐵。

　　嚇跑了銀鉤六雄，獨幽篁上馬向長安飛馳而去。

　　快到長安城門時，他突然想到他的師兄凌絕頂是來長安營救詩人杜甫的，不曉得凌絕頂是否已找到杜甫先生，把杜甫先生救了出來。他是不是也應該先到長安去打探凌絕頂的下落，跟凌絕頂一起會合。

　　正當他準備掉頭進入長安城門時，菩提寺王維的影子突然浮現在他腦海中。這時他才警覺到，自己有要務在身，不能再節外生枝了。何況，師兄凌絕頂武功絕頂，說不定早已將杜甫先生救離長安，自己也平安回到成都去了。想到這兒，他趕緊往馬嵬鎮方向奔馳而去。

7・楓林女鬼

　　馬嵬鎮是個偏僻的小鎮，鎮上只有一百多戶人家，也只有一間小客棧可供往來旅客居住。

　　獨幽篁見天色已晚，便在馬嵬坡的「小橋客棧」暫住一天，隔天再趕路。

　　當他在客棧裡用餐時，忽然聽到隔壁桌的一位中年男客在對另一位中年男客說道：「聽說馬嵬坡每晚都會鬧鬼，而且是女鬼呢！」

　　「我也聽說過此事，據說那女鬼就是咱們太上皇的愛妃楊玉環！楊貴妃是太上皇被六軍將士逼得沒辦法，只好下令

高力士在佛堂中用白緞子將她勒死的。太上皇逃往蜀郡之後，馬嵬坡每晚都有幽靈在楓樹林中漂浮，而且還會發出淒慘的哭泣聲。」另一位男客也說道。

獨幽篁對楊貴妃的事情也很感興趣，因為他的師妹雲想容平日就很欣賞楊貴妃的詩才與美貌。

「如果真是楊貴妃的鬼魂的話，我倒要去樹林中一探究竟！」獨幽篁聽完客人的對話，不免起了好奇之心。

吃完晚餐，他將門鎖好，就跟掌櫃的打個招呼，說要出去辦點事再回來。掌櫃的一聽之下，馬上露出驚慌的表情說道：「客官，千萬別往楓樹林去閒逛，聽說那兒鬧鬼鬧得挺凶的！」

「放心！我不會去那裡的！」獨幽篁向掌櫃的笑了一笑。

楓樹林就在「小橋客棧」後方約三百步左右，那是一片金黃色的楓林。白天景致優美，適合散步；晚上如有皎潔的月光，也相當詩情畫意的。只是，有了女鬼傳說後，天一黑就再也沒人敢進樹林中去了。

獨幽篁平日膽子就跟老虎一樣大，就算一個人夜遊森林，遇見鬼魅，他也毫不在乎。因此，他毅然往楓樹林走了進去。

由於楓樹不高、林葉稀疏，月光仍可從林間照射下來，因此獨幽篁無須手持火炬，就可看見林中的動靜。

正當他一個人漫步於月光之下時，突然發現前方有個披著長髮的「女鬼」在林中走動，他急忙追上前去，大聲喝斥道：「站住！看妳往哪逃！」

　　「女鬼」一聽有人叫喊，便發出淒慘的哭泣聲想嚇跑獨幽篁，然而獨幽篁一點也不畏懼，三步兩步就到了「女鬼」跟前。

　　「女鬼」一看大勢不妙，便從懷中取出一把雪亮的匕首，對著獨幽篁怒斥道：「愛管閒事的傢伙，老子叫你白刀子進！紅刀子出！」說完便朝獨幽篁胸膛猛刺過來。

　　獨幽篁身子往後一仰，右掌迅速扣住「女鬼」的右手腕，那把匕首立即掉到地面上。他趁勢將「女鬼」的長髮用力一拉，這才看清楚「女鬼」的真面目，原來是個有鬍鬚的中年男子！

　　「說！你為何要在馬嵬坡樹林裡裝神弄鬼？」獨幽篁逼問「女鬼」道。

　　「女鬼」則一言不發，用兇狠的眼神瞪著獨幽篁。

　　「好！你不說是吧，我來替你說！你是安祿山派來的奸細，想要擾亂馬嵬鎮的治安，對不對？」獨幽篁也回瞪著「女鬼」。

　　「你才是安賊派來的狗腿子呢！」「女鬼」一聽到「安祿山」三個字，便勃然大怒，反罵獨幽篁一頓。

　　獨幽篁心想：「此人若真是安祿山派來的奸細，為何一聽到『安祿山』三個字，就那麼得咬牙切齒？」

　　正當獨幽篁不得其解時，忽然間一群手拿鋤頭的大漢圍了上來。

　　「安賊的狗腿子！還不快快將他放了？」帶頭的大漢指著獨幽篁大罵道。

「你們才是安賊的狗腿子！」獨幽篁一聽，也回嘴道。

「安賊軍隊搶走我們的老婆、女兒，我們與他有不共戴天之仇，怎會當他的狗腿子？」那群大漢憤慨地說道。

獨幽篁一聽，方知他們不是安祿山的手下，便連忙將「女鬼」鬆開道：「諸位大叔，這是一場誤會，晚輩在此向諸位大叔賠個不是！」於是，他將自己的任務坦白地告訴了那群大漢，只不過保留了他是至禪門門徒的秘密。

「原來是自己人！我們還以為少俠是安祿山那老賊派來的爪牙呢！」那群大漢聽了獨幽篁的解釋，臉上立刻露出笑容，也向獨幽篁說出了他們裝鬼的原因。

原來，他們是百姓自己組織的抗安團隊，目的在結合各地百姓力量，幫助皇上肅宗早日收復長安與洛陽。他們在樹林裡挖了一條通往長安的地道，為了掩人耳目，不讓安祿山的部下發現，才故意在晚上出來裝神弄鬼的。

「請問各位大叔，往靈武方向要怎麼走？晚輩必須馬上趕到靈武，去謁見皇上！」瞭解實情後，獨幽篁拱手向那群大漢問道。

「由這裡往西行百里路程，過了紫牛峰，就可以到達靈武了。希望少俠見到皇上後，請他安心，我們一定會在期限內將密道挖好的！」一位像是領頭的漢子答道。

「好！那晚輩明日一早就離開馬嵬鎮！晚輩先在此祝各位大叔早日完成密道工程！」

獨幽篁告別那群大漢後，立即回到「小橋客棧」過夜。

8・黃熊悲鳴

第二天清晨，旭日一初升，獨幽篁就上馬朝西馳去。快近中午時分，他來到了黃熊林。

黃熊林是一座枝葉茂密，樹幹高壯的森林。林中常有黃熊出沒，有時會襲擊遊客，因此，許多人到此都卻步不敢入內遊覽。

獨幽篁見此處林木鬱鬱，景致清幽，便準備下馬瀏覽一番。

正當他牽馬步行時，忽然從前方樹上跳下來一隻全身金黃色的大熊，站在路中，朝他咆哮。那聲音聽起來直讓人毛骨悚然。

獨幽篁仔細端詳這隻大黃熊，牠的身子大約有十尺之高，腰圍最起碼也有他的三倍之寬。這時他才明白，為何人們常用「虎背熊腰」四字來形容彪形大漢的原因了。

大黃熊咆哮時，露出尖牙，樣子十分猙獰。獨幽篁心想：「誰要是被牠咬一口，大概也就離殘廢不遠了。」於是他將馬栓好之後，就跟大黃熊對峙起來。

大黃熊見獨幽篁竟敢擋住他的去路，便怒氣衝衝地用雙手不斷搥胸，似乎在警告獨幽篁說：「再不讓開！就要你好看！」似的。

獨幽篁心想：「我身上具有二十隻猛虎的力氣，哪還會怕你一隻大黃熊！我偏偏不讓開，看你拿我怎麼辦！」想完，也發出如猛虎般的長嘯聲。

　　大黃熊一聽獨幽篁發出虎嘯聲，立即向他衝了過來。獨幽篁則面無懼色地迎了過去，於是一場「人熊之爭」就在林中展開了。

　　這大黃熊比一般黑熊的力氣要大十倍以上，就算十隻獅子、兩隻大象來了，也不是他的對手！幸好，獨幽篁的力氣略勝大黃熊一籌，否則早就被牠「五馬分屍」了。

　　大黃熊抱住獨幽篁的身子，想將他往上一舉，然後把他拋得遠遠的。可是，任憑大黃熊怎麼舉，也舉不動他，大黃熊氣得再度張牙咆哮。

　　「現在，輪到我來抬舉你了！」獨幽篁說完，立即用力將大黃熊舉到頭頂上，準備摔出一丈之外。

　　正在這隻大黃熊生死存亡之際，驀然間，從樹上爬下來兩隻小黃熊，對著獨幽篁手上舉的大黃熊不斷地悲鳴，然後走過來抱著獨幽篁的雙腳不放，似乎在哀求他饒了大黃熊一命。

　　獨幽篁低頭一看，這兩隻小黃熊只有二尺之高，長得十分可愛。他暗想：「我手上舉的這隻大黃熊很可能就是隻母熊，而這兩隻小熊正要來尋找母熊。如果現在我把母熊摔死，這兩隻小熊馬上就會變成『沒娘的孤兒』！我與師兄、師妹都是孤兒，怎麼忍心讓這兩隻小熊也變成『孤兒』呢！」這麼一想，他趕緊將大黃熊緩緩放下。

　　大黃熊一起身，就頭也不回地，一手抱著一隻小黃熊進入森林中。

　　獨幽篁目送牠們走遠之後，也上馬朝紫牛峰馳去。

9．紫牛峰前

還騎不到半個時辰，他就抵達了紫牛峰。遠遠望去，紫牛峰的形狀似乎還真有點像是牛頭。

「這座山峰名叫『紫牛峰』，該不會真有紫牛這種怪獸吧？」獨幽篁望著遠山，腦海裡突然浮現了滿山滿谷的紫色野牛。

其實，紫牛峰並無半隻紫牛，那是因為唐玄宗即位初期，熱愛道教，到處建立宮觀，而這座山上的道宮是由紫牛道長當住持，所以就被玄宗命名為「紫牛宮」，久而久之，這座山峰自然也就被人們叫做「紫牛峰」了。

獨幽篁見山峰下有梧桐樹一棵，可以遮陽，便準備下馬走去休息片刻。正當他躍下馬背之時，一群身穿胡人軍服，手拿長刀的年輕軍官把他團團圍住。

「大膽奸細，竟敢來此地刺探軍情！快說，是誰派你來的？」一位軍官對他大聲問道。

「在下不是什麼奸細！也沒人派我來這，在下純粹是路過此地的遊客罷了！」獨幽篁隨口胡謅了一下。

「誰信你的鬼話！現在是打仗時期，誰還會有閒情逸致出來旅遊？」那位軍官一聽，頓時瞪眼喝道。

「打仗又怎麼樣？難道一打仗，就不用吃飯、睡覺了嗎？」獨幽篁朝軍官頂了回去。

那位軍官聽了之後，一時語塞，不曉得該如何回答才好。這時，獨幽篁又拉大嗓門，故意反問軍官道：「你們是什麼人派來的？在這裡鬼鬼祟祟地做什麼？」

「我們是大燕皇帝安祿山派來此處鎮守的！」那位軍官隨即回答道。

「在下還以為是一隊大唐的英勇將士呢，原來竟是安賊豢養的一群小嘍囉！太叫人失望了！」獨幽篁邊說邊搖頭。

「大膽刁民！竟敢口出狂言，侮辱我們大燕皇帝，還不乖乖束手就擒！」那群軍官聽了，氣得個個手舉大刀，做出要砍殺的動作。

獨幽篁用眼睛稍稍掃描了四周一下，發現這群軍官的人數有二十多位，於是靈機一動道：「各位手持長刀，而在下卻手無寸鐵。這豈是大燕國的英雄好漢？不如這樣，你們把刀放下，與在下肉搏，如果在下輸了，任憑各位處置！如何？」

「行！我就不信我們二十多條壯漢，空手還打不贏你這個瘦弱的小毛頭！」那位軍官信心滿滿地說道。其他軍官聽了，也都放下長刀，磨拳擦掌地準備生擒獨幽篁這位不知天高地的渾小子。

獨幽篁把馬栓好，走了幾步，然後說道：「來吧！你們一起上吧！」

那群軍官越聽越火，馬上向獨幽篁揮拳過來。

獨幽篁氣定神閑地伸出雙手，只聽得「拍！拍！拍！」幾聲，已經有三人口吐鮮血，倒地不起；另外一群人見狀，

越發氣憤，使足力氣再度圍攻獨幽簹。獨幽簹長嘯一聲，彷彿二十隻猛虎在狂吼一樣，震得山谷齊響，軍官聞風喪膽。獨幽簹趁勢一掌解決一個……

正當他準備出手重擊最後一位軍官時，那位軍官卻突然跪在地上求饒道：「英雄請饒命！我不是胡兵，我是被安賊強拉充軍的大唐子民！我家住長安，全家人都被安賊的手下殺死了！」

獨幽簹一聽，立即收手道：「這位大哥請起！」

於是那位大唐子民便將安祿山軍隊如何屠殺長安百姓的慘狀一五一十地告訴了獨幽簹。獨幽簹聽了，義憤滿胸，久久說不出話來。

那位大唐子民還告訴他一個秘密，那就是：剛剛被他打死的那些軍官，他們奉安賊之命，在此地埋伏陷阱，企圖阻擋皇上的軍隊反攻長安。

「埋伏什麼樣的陷阱？」獨幽簹忍不住問道。

「就是挖五十座三丈深三丈寬的坑道，坑道底下暗藏數十枝削尖的竹管，上面再用草席鋪上砂土偽裝成地面。這樣一來，皇上的兵馬一旦踏上此地，就會摔落坑道，被尖竹活活插死！」那位大唐子民答道。

「可惡的安賊，竟敢使出如此毒辣的伎倆！」獨幽簹咬牙切齒地說道。

「幸好英雄來的正是時候，要不然皇上和我大唐將士都要慘死在坑道中了啊！」那位大唐子民滿心歡喜地說道。

「這些嘍囉都該死！只是，安賊知道他們死了，會不會再派另一群軍官來挖坑道？」獨幽篁心中還是有些疑慮。

「英雄放心好了！這裡離洛陽甚遠，還聽說安賊內部爭權奪利，自顧不暇，他是不會留意到此事的！我們只要將嘍囉的屍體處理好，就沒事了！」

「這麼多具屍體要如何掩埋才不會被安賊手下發現？」獨幽篁望見滿地屍體，的確令他傷透腦筋，因為這比少林寺的兩具軍官屍體足足多了十倍。

「這個倒簡單！他們已經挖好了一座坑道，我們索性把這二十幾具屍體往那坑道一扔，再用砂石掩埋好就行了！」那位大唐子民說道。

「好！那就一塊兒動手吧！」獨幽篁捲起袖子準備埋屍。

「這事兒我一個人就可以應付了！這裡人煙稀少，安全得很！英雄如有要事在身，可以先行！」

「這位大哥一個人準備要往哪兒去？」獨幽篁不好意思地問道。

「我準備加入鳳翔地區的抗安組織，繼續為肅宗皇上效命！」

「鳳翔在何處？」獨幽篁眨了一下眼睛後問道。

「就在前面不遠的地方，過了鳳翔，再往西北方向行進數十里，就可到達皇上臨時處理國政的所在地靈武。」

「正好！我要前往靈武謁見皇上，那我就順路護送這位大哥一程！不知這位大哥可有坐騎？」獨幽篁不放心地問道。

「有！就在後邊馬棚裡！等我把屍體埋好之後，就去牽來！」

「我也幫你一塊埋，這樣速度比較快一點！」

「那就有勞英雄了！」

半個時辰之後，獨幽篁與那位大唐子民一塊騎馬離開紫牛峰，朝鳳翔奔馳而去。

第五回
長安城內救杜甫
夜奔鳳翔歷萬苦

1・蓮花神尼

　　長安本是座人煙稠密，商業繁榮的國際化都市。自從安史軍隊佔領長安之後，燒殺擄掠，搶奪一空，昔日的長安城早已變得冷清破敗，不堪一遊了。

　　凌絕頂自從與師弟獨幽篁在黃龍鎮分手後，便騎馬往長安方向馳去。他一路上在想：「師父只說杜甫先生被囚禁在長安城內，但是究竟在城內哪個地點，卻沒有指明。五年前，我隨師父來長安遊玩時，師父曾經告訴我說長安方圓約有百數十里之大，幾天幾夜都遊不完。現在，長安已被安史叛賊盤據，要從正門進城，必然會遭守衛盤問，何況我還騎著寶馬帶著銀兩呢。不如先到附近華山和終南山打探一下長安的近況，再採取行動也不遲。」想罷，便先往華山騎去。

　　華山寺宮林立，香火鼎盛，是高人隱居之寶地，也是武林人士以武會友的重要據點。由於山峰險峻巍峨，不少武林高手在此比武時，都有失足粉身之可能。

　　凌絕頂在山下將馬匹栓好之後，立即往蓮花峰徒步走去，蓮花峰是華山五峰中最險峻的峰巒，山頂上長著巨大如傘的白蓮花，此花可香飄百里，聞者莫不心曠神怡，精神百倍。

　　蓮花峰上有一座蓮花庵，庵裡住了十八位身懷絕技的小尼姑，住持則是現年六十歲，法號「白蓮神尼」的老尼姑。

　　由於凌絕頂身懷絕頂輕功，登蓮花峰就跟履平地一樣輕鬆自如，因此片刻時間，他的人影已到了蓮花庵前。只見庵門兩邊刻有一幅對聯：蓮開危岫三千丈，花掩靜庵十八春。

　　凌絕頂正在思索下聯的涵義時，突然從門內傳來「施主請進！」的洪亮聲音，兩扇鐵門也自動開啟。進入門內，他才發現從大門到正殿足足有三百步之遠，於是心想：「此人的內力如此深厚，竟能傳音三百步而清晰如耳提面訓一般，不用手觸鐵門而鐵門可在遠處自行開啟！不知是何方高人？這回我可要小心了！」

　　正當還在思索之際，忽聽「碰！」的一聲，兩扇鐵門已然自動關閉。接著從正殿飛出一團人影，把他圍得水泄不通。他定眼一瞧，原來是十八位年輕貌美的尼姑，每人手上都拿著一朵大如團扇的白蓮花。

　　「妳們是……」凌絕頂一時間愣住了。

　　「少廢話！過得了我們『蓮花十八陣』再說！」眾尼姑說完即擺開陣勢，每人坐在蓮花上一絲不動。

　　凌絕頂正在想，這十八位年輕貌美的尼姑坐在蓮花上要玩什麼名堂時，突然間十八座蓮花飛入半空中，形成一個蓮花圈，把凌絕頂鎖在圈子裡。然後又一一跳出蓮花座，將十八朵蓮花一起朝凌絕頂擲來。

　　凌絕頂見眾尼姑來勢洶洶，一個紫鶴沖天，就沖上了五丈之高，而那十八朵蓮花撞在一起後，立刻發出轟天巨響，散落於地。就在他準備落地之時，又有十八朵蓮花朝他身上擲來，他隨即閉目運氣，剎那間花瓣繽紛，宛若天女散花一般，眾尼姑見狀，個個花容失色。

　　「好俊的輕功與內功！」由正殿飛出一位手執木魚的老尼姑。

「晚輩凌絕頂拜見前輩！敢問前輩尊號？」凌絕頂立定身子之後，向老尼姑行禮問候。

「貧尼法號『白蓮神尼』，是蓮花庵的住持！」老尼姑回答道。

「原來是神尼前輩，晚輩如有冒犯之處，還請前輩原諒！」凌絕頂也拱手說道。

「施主不必客氣！貧尼剛才見施主能破解『蓮花十八陣』，就知施主武功非凡！因為每朵蓮花都重達十斤，硬如鋼片，被擊中之後，身如爛泥，很難生還。貧尼至今還未曾遇過能破解『蓮花十八陣』的高手，施主是第一人！不知施主師承何人？」白蓮神尼問道。

「晚輩乃峨嵋山仙鹿道長的關門弟子，家師已於半年前魂歸道山。」凌絕頂不能透漏柳至禪的身分，只得隨口捏造個師承關係來塘塞一下。

「貧尼真是孤陋寡聞，連峨嵋山出了仙鹿道長這樣的絕頂高手都不知道，看來在華山隱居久了之後，已經對天下武林近況逐漸生疏了！」白蓮神尼搖搖頭說道。

「神尼前輩太客氣了！家師武功與您相比，恐怕還要略遜一籌呢！」凌絕頂趕緊說道。

「哪裡的話！施主也太謙虛了！對了！貧尼還未請教施主到蓮花峰來有何要事？」白蓮神尼嘴角終於露出了一絲笑容。

「不瞞神尼前輩，晚輩此次前來，是要打探杜甫先生在長安的下落！」凌絕頂彬彬有禮地答道。

「杜甫先生？是不是那位與李白先生一同尋仙訪道、一同飲酒論詩的杜子美先生？」白蓮神尼露出驚喜的表情。

「正是！」凌絕頂答道。

「他怎麼了？」白蓮神尼似乎有不祥之感，隨即問道。

「聽說他已經被安史叛賊囚禁在長安城裡！」凌絕頂答道。

「什麼？連他也被安史叛賊囚禁了？貧尼只知道與佛門有緣的王維先生被安史叛賊拘禁在洛陽，如此說來，大唐才子一個個都將蒙難了！」白蓮神尼眉宇之間也隱約浮現憂愁之意。

「神尼前輩且莫憂心，晚輩一定會冒死救出杜甫先生的！至於王維先生，晚輩師弟獨幽篁也去營救他了！」凌絕頂見白蓮神尼面有憂色，趕緊說道。

「阿彌陀佛！那就有勞施主了！不知施主需不需要貧尼派遣本庵十八位小尼隨施主一塊下山，助施主一臂之力？」白蓮神尼合掌問道。

「謝謝神尼前輩！此番營救杜甫先生，人數眾多恐引起安賊手下警覺而有所防備，晚輩隻身前去，則比較不易被敵軍察覺！」凌絕頂拱手答謝道。

「施主所言甚是，貧尼就代大唐才子謝過施主了！」白蓮神尼又合掌說道。其實，她心裡頭明白：凌絕頂能破解「蓮花十八陣」，這說明凌絕頂的武功足以以一擋十，根本就不需要蓮花庵的眾尼姑幫他忙了。

「對了，神尼前輩！不知華山可有佛門人士知道杜甫先生囚禁在長安何處？」凌絕頂臨走前忽然問道。

「這個貧尼就不清楚了！不過，據貧尼所知，杜甫先生與李白先生曾經同遊終南山，與終南山佛道人士有過交往，施主不妨前往終南山打聽一下，說不定就能找到杜甫先生的下落了！」白蓮神尼腦海中似乎想起了一些往事。

「多謝神尼前輩的指示！晚輩就此拜別！」凌絕頂話才剛說完，一個燕子翻身，人已飛出蓮花庵十丈之外。

終南山靠近長安，離帝王宮廷也最近，許多讀書人為了想一步登天，免去科舉這種層層關卡，最好的辦法就是隱居在終南山，讓自己的名聲容易傳揚到帝王的耳朵裡，這樣就可「直達天聽」了。這是一條通往仕途的最佳快捷方式。因此，在終南山上，隨時可以遇見短期修道的「隱士」。

凌絕頂離開華山後，就躍馬朝終南山騎來。

2・青城試武

離終南山只有百步之遙時，凌絕頂才發現此處山勢險峻，一如青城後山。於是他想起了自己在青城測試武功的情形。

青城後山的主峰九霄頂地勢險峻，古木參天，樹間常有白猿出沒。白猿身高均在一丈以上，而且孔武有力，可將七尺之軀的壯漢頓時撕成兩半。柳至禪為了測試弟子的內力究竟已達何種境界時，便準備拿這些白猿作為弟子的比武對象。

有一天，他們來到九霄頂森林練武時，看到林間有一群白猿正在嬉戲。於是柳至禪對著這群白猿長嘯三聲。白猿聽到人聲，立刻朝他圍攏過來。

「絕頂！該你上陣了！」柳至禪向凌絕頂使了一個眼色後說道。

凌絕頂瞅了一下，眼前的白猿約有二十來隻，個個呲牙裂嘴，目露殺機。若是普通人遇到這群白猿，恐怕早已被碎屍萬段，一命嗚呼了。但是，凌絕頂卻不一樣，他不但臉上毫無懼色，而且向牠們發出挑釁的動作，故意激怒牠們。

那群白猿被凌絕頂一激，立刻用雙爪來抓他，誰知還未抓到人，已被他的掌風震出了三丈之外。白猿一怒之下，再度衝向他來。

凌絕頂氣定神閑，只見他雙手往上一伸，那群白猿便騰入半空中，上也不得，下也不得，只有氣呼呼地用雙眼瞪著凌絕頂。這樣逗白猿，逗了將近半個時辰，他才緩緩將雙手放下，而那群白猿也隨之落於地面，倉皇而逃。

這時，凌絕頂突然伸出雙手，做出回拉的動作。剎那間，那群已竄逃百步之遠的白猿，又被他迅速拉回到身邊。白猿一見凌絕頂，立即跪地向他磕頭，似乎有求他饒命的意思。

凌絕頂見狀，簡直欣喜若狂。因為，他發現自己的內功比以前更勝十倍。於是，他揮揮手之後，那群白猿便合掌魚貫而去了。

第二天，凌絕頂又銜命來到五龍溝測試武功。當他看到潺潺的溪水時，靈機一動，馬上運氣發掌，只見溪水突然往

上直沖，形成一條銀色的瀑布。當他再度發掌時，溪水又恢復成平流的原狀。他似乎很滿意自己的內功，禁不住自言自語道：「師妹與師弟未必能有這樣的武功境界吧！」

玩完溪水，柳至禪又想藉「玩火」，再來測試一下凌絕頂的內功。凌絕頂心想：「我曾聽說有人能靠運精氣於手指的方式來『鑽木取火』，有人還能隔空點火！如今我的內功大增，看看能否施展隔空點火的絕技！」於是，他對著五十步之外的一棵兩丈高的大樹發功：他將心中的怒火不斷升高，然後凝視著那棵大樹不動。半晌之後，大樹果然自行燃燒起來，頓時間燒成了灰燼。

凌絕頂見狀，喜出望外。柳至禪也大吃一驚。接著再測試其他內功。

青城後山山腰裡開滿了一朵朵紅豔欲滴的七色花，凌絕頂曾聽人說，這種花一年四季都不會凋謝，燦爛得就像天邊彩霞一般。他對此傳聞早就有點半信半疑，於是他找了一株七色花，站在花前觀賞花色、嗅聞花香。突然間，他雙眉一揚，雙目一瞪，十幾朵大如手掌般的七色花一下子全部枯萎殆盡，讓他心中雀喜萬分。

試完水、火、花三樣東西之後，柳至禪還想再測試凌絕頂的穿石功力。於是他找到一座一丈多高，三尺多寬，一尺多厚的黑岩石做為凌絕頂的穿石目標。

凌絕頂奉命從黑岩石向前走了一百步之遠，然後停下來再轉身。等轉完身之後，他伸出右手食指對著黑岩石做出書寫「禪」字的動作。書寫完畢，他立即向黑岩石走過去。到了黑岩石之前，他定睛一看，岩石上果然有個鑿空的、一尺

多寬的「禪」字。再往黑岩石後頭一瞧，竟有一堆黑色的碎石塊擱在地上！他心裡明白，這是他隔空書寫時食指內力所穿透的碎石塊。

「內功滿意了之後，輕功還得再試試，才知道自己是不是進步得一日千里了？」凌絕頂如此一想之後，便告知柳至禪他的想法。柳至禪點頭答應之後，於是他獨自跑下山腳，想從山腳直沖九霄頂。只見他運氣調息，縱身一躍，不到半晌功夫，整個人就沖上了九霄頂。

九霄頂上雲靄環繞，美如仙境。從山頂鳥瞰山下，別有一番滋味。他暗想：「師妹的輕功應該不會達到這麼高的境地吧？她雖然承襲了師父的輕功，但以我現在的輕功而言，就算師父也恐怕不是我的對手了！」這麼一想，他心頭就湧出一種飄飄然的感覺。

臨風而立，英氣蓋世，凌絕頂從未有過這麼「小天下」的自豪神態。他不斷吸氣吐氣，盡情享受頂峰帶來的快意。

「如今連九霄頂都輕而易舉地飛得上去，岷江大佛頂就更易如反掌了！」站在九霄頂上，凌絕頂露出了睥睨一切，唯我獨尊的笑傲神態。

3・南山四皓

正當他立於絕頂狂嘯之際，遠處忽然有四位身穿白衣，腳踏白扇的少年向他飛了過來。

「你們是……」凌絕頂詫異地問道。

「我們就是馳名南山的『南山四皓』！」四人同聲說道。

「『南山四皓』？對不起！我只聽說過西漢初期有劉邦要網羅的『商山四皓』！他們都是隱居在商山多年，鬚眉皓白的八十老翁了，哪像你們髮黑年少的，也配稱作『四皓』！未免太看重自己了吧！」凌絕頂不以為然地說道。

「壯士有所不知！我們四人稱作『四皓』，是名副其實的！我們面白、衣白、扇白、鞋白，當然就是『四皓』！我叫『皓日公子』，扇上書有『皓皓白日，我心樸實。』八字！」

「我叫『皓月公子』，扇上書有『皓皓白月，我心皎潔。』八字！」

「我叫『皓玉公子』，扇上書有『皓皓白玉，我心善喻。』八字！」

「我叫『皓雪公子』，扇上書有『皓皓白雪，我心剴切。』八字！」

四人一一舉扇自我介紹後，凌絕頂一時間傻了眼，不知如何回答是好。

皓日公子見狀，對著凌絕頂哈哈大笑道：「怎麼樣？壯士！我們四人配不配稱作『四皓』！」

「配是配！只不過……」凌絕頂欲言又止地說道。

「只不過什麼！快說！」皓日公子轉笑為怒道。

「只不過是些個會點花拳繡腿的紈袴子弟罷了！」凌絕頂嘲笑道。

「他竟敢把我們當作一般紈袴子弟看待！實在是太瞧不起人了！不給他點顏色瞧瞧，他是不知天高地厚的！」皓月公子一聽，氣得大罵道。

「對！應該給他一點教訓才是！」皓玉公子噘起嘴角說道。

「我也贊成！」皓雪公子也隨聲附和道。

於是，皓日公子與皓月公子將手中一尺長的白扇張開，往空中一拋，叫聲：「日月凌空！」後，兩把半圓形的白扇便合成一把白圓扇，在空中飛舞。緊接著皓玉公子與皓雪公子也將手中一尺長的白扇張開，往空中一拋，叫聲：「玉雪映人！」後，兩把半圓形的白扇也合成一把白圓扇，在空中旋轉不已。

凌絕頂見了，禁不住大笑道：「四把破白扇，能玩出什麼新花樣來？」

話還未說完，只見兩把大圓扇突然夾著狂風，直朝凌絕頂襲來。凌絕頂輕輕一個側翻，便躲了過去。誰知，兩把大圓扇卻像鋸子般，把身後的兩棵巨樹給切成了兩半。緊接著，青山四皓各自將扇收回手中揮舞不已。

凌絕頂見狀，心中一團怒火燃起，他依序凝視著青山四皓手中的白扇。剎那間，青山四皓手中的白扇都燃燒了起來，任他們怎麼撲滅也撲滅不了！

「少了白扇，我看你們還能叫做『四皓』嗎？」凌絕頂狂笑道。

「怎麼不能？你只要能將我們的黑髮變成白髮！我們依舊是如假包換的『四皓』！只是，不知道你有沒有這個本事了？」皓日公子嘲笑道。

凌絕頂一聽，立即調息運氣，凝視這對方。不一會兒工夫，青山四皓頭上的黑髮全都變成白色了。

「哈！哈！如今頭髮變白了！諸位果然是名副其實的『南山四皓』了！」凌絕頂見狀，樂得哈哈大笑。

南山四皓彼此望了一眼，才知自己頭上的黑髮已經變成白色，於是一塊向凌絕頂哀求道：「壯士，我們只有十八歲，這麼年輕就白髮皓皓了，以後要我們怎麼出門見人？別人見到我們，一定會恥笑我們的！」

「出門前塗點墨汁，不就好了嗎？」凌絕頂打趣道。

「壯士別尋我們開心了！趕緊將我們的白髮變回原來的黑髮吧！」南山四皓一臉焦急地說道。

凌絕頂於是施展內功，即刻將四人的白髮變回了黑髮。南山四皓彼此又望了一眼之後，這才高興地說道：「謝謝壯士！就此別過！」說完，立即飛出凌絕頂的視野。

凌絕頂看著他們渺小的背影，心中喜悅萬分。隨即躍下山腳，向柳至禪告知方才登峰的奇遇。柳至禪聽了之後，對他讚賞不已。

5 · 松竹小寺

正當凌絕頂沉湎於青城山後的習武往事時，兩聲虎嘯驚醒了他。他抬頭一看，映入他眼簾的建築物乃是「松竹寺」。

松竹寺門兩柱上刻有一幅對聯：松院留雲虎受戒，竹房邀月龍聽經。凌絕頂看了，腦中遂泛起一種松濤竹韻、雲開月明的禪境來。

「阿彌陀佛！請問這位施主前來本寺有何貴幹？」當凌絕頂正在瀏覽松竹寺景時，一位身披紫色袈裟的老和尚突然從他背後拍他肩膀道。

若是普通人，這一掌拍下去，肩膀不脫臼也得癱瘓半天。然而凌絕頂的內力深厚，這一掌對他而言，就如同鵝毛飄在身上一樣，毫無感覺。

「晚輩是前來貴寺打聽杜甫先生的下落的！請問前輩是……」凌絕頂趕緊轉身回答道。

「老衲乃是本寺的住持，法號『悟龍』！」老和尚一面回答，一面在心中讚歎這位少年的內力。而半蹲在他兩邊的則是兩隻慈眉善目的大黃虎，黃虎脖子上都掛著一條褐色的念珠。

「晚輩凌絕頂參見方丈！」凌絕頂拱手答禮道。

「施主免禮！方才施主說要打聽杜甫先生的下落，這是怎麼一回事？」悟龍方丈撫髯問道。

於是凌絕頂就把他在華山蓮花庵遇見白蓮神尼的經過告訴了悟龍方丈。

「原來是這麼一回事！不瞞施主，老衲平日專心佛法，與詩人較少往來，所以無法提供杜甫先生的下落。不過，老衲聽說在半山腰有一座『水鏡庵』，那裡的住持水月上人常與

詩人唱酬，或許她能知道杜甫先生的下落！」悟龍方丈一聽，知道凌絕頂並非安祿山派來的部下，就指點了他一條明路。

「多謝方丈指點迷津，晚輩就此告別！」凌絕頂聽了，準備馬上登山去尋找水鏡庵。

「不過……」悟龍方丈又說道。

「不過什麼，請方丈直說無妨！」凌絕頂急著說道。

「老衲聽說要見水月上人的訪客，必須會對對聯，因為她會先出一個上聯，然後要訪客在七步之內把下聯對出，對得出來又對得好的訪客，就會成為她的貴賓，可進一步與他品茗論詩。」悟龍方丈把水月上人的詩癖告訴了凌絕頂。

「要是不能在七步之內把下聯對出，水月上人又會有何反應？」凌絕頂很想知道此事的後果。

「那她就要下逐客令，讓訪客知難而退了！」悟龍方丈搖了搖頭答道。

「晚輩知道了！謝謝方丈的提醒！」凌絕頂向悟龍方丈致謝。

「成或不成，就看施主自己的造化了！老衲能幫施主的也只能到這裡了！阿彌陀佛！」悟龍方丈合掌說道。

「晚輩就此告辭了！」凌絕頂也向悟龍方丈合掌行禮。

當凌絕頂正要離開松竹寺時，半蹲在悟龍方丈兩邊的兩隻黃虎突然向他伸出右掌來。

「這是……」凌絕頂感到十分詫異。

「喔！施主別緊張！牠們別無惡意，只是向施主致意，歡迎施主常來本寺遊覽罷了！」悟龍方丈趕忙解釋道。

「原來如此！真是通靈的神獸！」凌絕頂對著兩隻黃虎笑了一笑後，也跟兩隻黃虎輕輕握了一下手。

6・水月上人

離開松竹寺往山腰上走了片刻，凌絕頂很快便走到了悟龍方丈所說的「水鏡庵」前。

水鏡庵面積甚小，兩扇小木門敞開著，門內站著兩位打掃花徑的小尼姑。從木門到正殿只有七步的距離。

「不知這水月上人與白蓮神尼的武功相比，哪個更勝一籌？」凌絕頂一來到門前，便聯想起白蓮神尼的傳音內力。

正當他在回憶蓮花庵的種種奇遇時，門裡突然傳出了「水月不嫌天邊月，」的婦人聲音。

「鏡花豈笑霧裡花？」凌絕頂不假思索地對著門內大聲吟道。因為他明白，這是水月上人在考驗他對對聯的才華。

「可引騷人來空谷，」緊接著門裡又傳出了婦人聲。

「莫騎巨象過小橋！」凌絕頂也快速回答道。

「好一個『鏡花豈笑霧裡花』，『莫騎巨象過小橋』！快請施主進來一敘！」婦人聲音聽來十分爽朗。

在兩位小尼姑的帶領下，凌絕頂來到了正殿拜見水月上人。水月上人是一位年近四十的中年婦人，雖已落髮，但舉止之間仍流露出一股少見的風韻。

「晚輩凌絕頂參見上人！」凌絕頂很有禮貌地說道。

「施主請坐！請嚐嚐終南山出產的玉女茶！」水月上人邊說邊指著桌上。

「謝謝上人！」凌絕頂手端茶杯致謝道。

「方才施主能在一步之內對出如此好的下聯，足見施主的詩才不亞於昔日的曹子建！不知施主今日來到小庵有何見教？」水月上人笑問道。

「前輩過獎了！晚輩是來打聽杜甫先生的下落的！」凌絕頂回答道。

「杜甫先生？多年前他曾經和李白先生一塊來本庵與貧尼談詩論道，聽說他現在被安賊拘禁在長安城數個多月了！真是令人焦急啊！他是大唐的才子，他寫的詩，貧尼都還記得呢！你看！〈望嶽〉一詩，用『會當凌絕頂，一覽眾山小。』兩句詩凸顯了東嶽泰山的至尊氣勢；〈春日憶李白〉形容李白『白也詩無敵，飄然思不群。清新庾開府，俊逸鮑參軍。』，把李白比作南朝時期的著名詩人庾信和鮑照，真是貼切；〈飲中八仙歌〉描寫狂放曠達的八位豪飲之士，簡直是千古絕唱；還有『車轔轔，馬蕭蕭，行人弓箭各在腰。』的〈兵車行〉，『三月三日天氣新，長安水邊多麗人……楊花雪落覆白蘋，青鳥飛去銜紅巾。』的〈麗人行〉，分別揭露了太上皇窮兵黷武、貴妃楊家專寵的大唐亂象，才華直追王維與李白。這樣一位大才子如今卻落入安賊手中，有如鳳囚狼穴，實乃我大唐詩壇的不幸！只可惜貧尼長於文章，拙於武藝，要不然早就下山去營救他了！」水月上人流露出惋惜之意。

「晚輩沒想到上人如此推崇杜甫先生！」凌絕頂肅然起敬道。

　　「那當然！李白先生這位酒中仙，詩中飄有仙氣，王維先生詩中蘊有禪意，杜甫先生則詩中存有儒風，三大才子各領風騷。貧尼有預感，在大唐詩史上，李白先生將享有『詩仙』之美稱，王維先生將享有『詩佛』之盛譽，杜甫先生則將享有『詩聖』之千秋令名。因此，營救詩壇才子，使他們在有生之年能創造出更豐富、更傑出的作品，實乃我大唐全體百姓之福！」水月上人又道出了她個人對三大才子的看法和想法。

　　凌絕頂聽了，內心對水月上人更增添了一絲敬意。於是他對水月上人說道：「上人請放心！晚輩此次前來長安，目的就是要將杜甫先生從安史的賊窩中拯救出來！只是現在還不知道他究竟囚禁在長安何處，所以才冒昧前來請教上人！」

　　「那太好了！貧尼相信施主文武全才，一定能儘快救出大唐才子的！據貧尼所知，長安大雲寺住持贊上人平日專門救濟一些落難的騷人墨客，施主不妨前往大雲寺打探一番，說不定馬上就會有杜甫先生的消息。對了！貧尼這兒還剩一冊《水月集》，乃是貧尼與李、杜兩位詩人當年唱酬的詩集，請施主見到杜甫先生時，轉交給他，請他不吝指正，如何？」水月上人一掃眉頭上的憂慮之情。

　　「請上人放心，晚輩一定會幫您轉交到的！」凌絕頂接過《水月集》後，毅然回答道。

　　「那就有勞施主了！」水月上人起身合掌說道。

7・大雲寺裡

　　離開終南山，凌絕頂騎馬在長安城外繞行一周，仔細觀察長安的城門以及守備情形。

　　長安宮城像個正方形的棋盤，城牆共有四面，每面各有三道城門，而每道城門各有三個門洞可以進出，換言之，可以進出的門洞多達三十六個，應該是防不勝防的。然而，現在長安已經淪陷，每個門洞都有安史的部隊在加強巡邏，無論進出都會經過嚴密的盤問和搜身。

　　凌絕頂心中明白，他要從正門或任何一道城門直接闖進去，即使十個守衛也不是他的對手；然而，一旦驚動到安史將領，營救任務恐怕就有困難了。因此，他不能硬闖城門，只能另謀對策。

　　「不如晚上再去探查大雲寺！」凌絕頂終於擬定了下一步的行動。

　　一彎春月高掛在長安城頭，城牆上則有安史兵士在巡邏。凌絕頂本想先縱身躍上北門玄武門的城牆一探究竟，但隨後一想：玄武門本是防衛皇上與皇親國戚住所的一道主要禁門，當年太宗李世民就是在此門發動流血政變的。現在也應該是安賊將領盤據的要地，杜甫先生是不會被囚禁在宮城這種大地方的。於是他放棄夜探北門玄武門的計畫。

　　放棄北門玄武門之後，還剩下東門、西門與南門三道城門。凌絕頂突然想起五年前師父柳至禪曾經帶他們三個徒弟來長安的西市遊玩，西市是個商業區，販賣許多西域的珍奇商品，當時他還買了一條絲絹的手帕送給師妹雲想容。而從西門金光門進去，就可看到西市的街景了。於是他決定先從金光門附近入手。

　　長安城牆雖高，但卻難不倒凌絕頂這樣的輕功高手。他淩空一躍，就像燕子般的飛過了牆頭，落於西市，而牆角上巡邏的衛士卻絲毫沒有察覺。

　　以往的西市，白天人潮洶湧，到了夜晚，由於宵禁的緣故，顯得十分冷清。宵禁期間，百姓不得隨意上街，大街小巷都有騎兵在四處巡邏。安祿山將領佔據長安之後，巡邏得更加嚴密，連一貓一鼠都不肯放過。

　　凌絕頂躲過騎兵，不斷地在尋找大雲寺的影子。找了快半個時辰，終於在左牆角附近發現了「大雲寺」三個大字。奇怪的是，大雲寺前大門深鎖，卻沒有半個胡兵在看守。

　　「這究竟是怎麼一回事？」凌絕頂覺得有點不可思議。「管他的！先進去見贊上人再說！」想完，便翻身跨牆而去。

　　遠處燈火明亮，一間禪房裡正傳出了悲戚的吟唱聲：國破山河在，城春草木深。感時花濺淚，恨別鳥驚心。烽火連三月，家書抵萬金。白頭搔更短，渾欲不勝簪。

　　凌絕頂一聽此詩，感傷得差點掉下淚來，他心想：「皇天不負苦心人，終於讓我找到杜甫先生了！」

　　於是他輕敲禪房的門扉，等待杜甫的回應。

　　「是誰在外頭敲門？」禪房裡傳出蒼老的聲音。

　　「晚輩凌絕頂前來拜見杜甫先生，有要事向先生請教！」凌絕頂回答道。

　　「杜甫先生不住在這兒！」

　　「那，前輩是……」凌絕頂趕忙問道。

　　「老衲是大雲寺住持！」

　　「原來是贊上人！不知晚輩可否向贊上人當面請教？晚輩是終南山水月上人介紹來此的！」凌絕頂問道。

「禪門未鎖，施主請進！」贊上人一聽「水月上人」四字，立即答道。

於是凌絕頂便進入禪房，拜見贊上人。

贊上人是一位年屆七十、皓眉白髮的老和尚。他在武則天執政時期便已出家，當時還只是個十八歲的少年，如今已貴為大雲寺住持。大雲寺是長安城裡的官建寺廟，改建於武則天在位時期，住持也跟宮廷有著非比尋常的關係。

贊上人一見凌絕頂，便想起當年還未遁入空門的自己來。於是親切地招呼凌絕頂坐下相敘。

「本寺大門深鎖，施主竟能自由進入，想必非等閒之輩！」贊上人先誇獎凌絕頂一番。

「晚輩確曾拜師學藝，但只學得家師輕功一點皮毛而已。冒犯之處，還請上人海涵！」凌絕頂帶著歉意說道。

「哪裡！哪裡！施主頗有少俠之風，此乃我大唐之幸也！不知施主找杜甫先生有何要事？」贊上人問道。

「不瞞上人，晚輩此番前來貴寺，是想營救杜甫先生逃出長安的！」凌絕頂坦誠以對。

「那太好了！據老衲所知，杜甫先生等待這一天已經等得頭髮都稀疏蒼白了！」贊上人一聽，高興地說道。

「方才贊上人吟唱的五言律詩可是杜甫先生的新作？」凌絕頂有感而言道。

「一點也沒錯！施主果然好耳力！那是杜甫先生上個月來本寺靜思吃齋時含淚寫下的作品，題目叫做〈春望〉，另外

他還寫了〈哀江頭〉、〈哀王孫〉兩首長詩，吐露了他憂國憂民的士大夫情懷。老衲在夜深人靜，感傷國事時，都會吟唱他的新詩！」贊上人回答道。

「上人在此夜間吟唱憂國之詩，難道不怕安史叛軍聽到而身遭不測？」凌絕頂聽了，不禁替贊上人捏了一把冷汗。

「這個請施主放一萬個心！安史逆賊對大唐皇族手段殘忍，對寺廟出家之人卻不敢胡來，只要我們不公開與他們對抗，不暗地裡私藏武器，他們也不會對我們趕盡殺絕，甚至對我們的監視也很鬆懈，這就是施主剛才在本寺門外見不到胡兵巡邏的緣故，也就是杜甫先生敢來本寺憂國賦詩的緣故。其實，說穿了，這也是他們籠絡我們出家人的一種小手段罷了！」贊上人解釋道。

「照上人所說，杜甫先生要逃出長安城不也輕而易舉了嗎？」凌絕頂問道。

「那可不見得！杜甫先生雖然可以在長安城內自由外出訪友問道、遊覽名勝，但是他卻無法走出門禁森嚴的長安城外去與妻兒團聚，甚至去報效皇上。這也就是他感到極為痛苦的主要原因！」贊上人趕緊解釋道。

「不知上人可知道杜甫先生被囚禁在何處？」凌絕頂再問道。

「杜甫先生自己也不很清楚，只知道那是一座偏僻的宅院，與他囚禁在一塊的還有三、四人，都是些職位不高的小官。」贊上人搖了搖頭。

「那晚輩該如何與杜甫先生聯絡？」凌絕頂著急地問道。

「施主且莫焦急！杜甫先生每逢月圓之日都會來本寺靜思吃齋。他數月前為思念妻兒所寫的五言律詩〈月夜〉有『今夜鄜州月，閨中只獨看。遙憐小兒女，未解憶長安。』四句，就是在孤亭遙望玲瓏秋月時，有感而發的。再過三天就是月圓之日，施主不妨三日後再來本寺，一定可以見到杜甫先生！」贊上人趕緊說明道。

「那，晚輩就三日後再來叨擾上人了！」凌絕頂於是拜別贊上人，返回長安城外。

8・逃出城外

三天之後，一輪明月果然懸在長安夜空。凌絕頂依舊由金光門附近飛入城牆內，直向大雲寺奔去。大雲寺也依舊大門深鎖，未見半個胡兵在巡邏。凌絕頂立即施展輕功，躍入寺內，直接向禪房走去，然後低聲問道：「請問杜前輩，杜甫先生在嗎？晚輩凌絕頂有事求見前輩！」

「少俠快請進！」房內有了回應。

「多謝前輩！」凌絕頂說完便開門入室。讓他驚訝的是，眼前這位他平日最崇拜的大詩人，竟是一位衣衫襤褸，蓬頭垢面的「小老頭」。

「少俠請坐！」杜甫客氣地招呼著凌絕頂。

「玉身披霓裳，碧眼放光芒；百鳥前來拜，齊口頌吾皇！」凌絕頂高吟完畢便坐了下來。

「少俠怎會吟唱我在七歲時作的〈詠鳳凰〉？」杜甫大吃一驚道。

「這是家師教晚輩吟唱的！」凌絕頂回答道。

「令師是……」杜甫又問。

「家師柳至禪，乃禪宗至禪門門主！」凌絕頂從容答道。

「原來是柳門主的高徒，難怪英氣逼人，一身雄風！」杜甫不禁讚賞道。

「對了！不知少俠今年幾歲？如何稱呼？」杜甫又問。

「晚輩今年十八歲！法號凌絕頂！」凌絕頂回答道。

「會當凌絕頂！一覽眾山小？」杜甫問道。

「沒錯！晚輩本性林，因為崇拜前輩詩才，家師乃將晚輩之法號取名為『凌絕頂』，作為鼓勵之意！」凌絕頂回答道。

「原來如此！」杜甫微笑道。

「前輩這首〈望嶽〉，頗有孔子『登泰山而小天下』的眼界與胸襟，令晚輩景仰萬分！」凌絕頂以崇敬的口吻又說道。

「其實，這首五言詩是我二十四歲時，落第後漫遊齊趙山水，望見泰山時產生的一種雄心壯志罷了！我只是遙望，而未親自登臨。我當然希望有一天能親自登上高峰，體會孔子『登泰山而小天下』的那種胸襟！」杜甫聽後，隨即說道。

「原來如此！晚輩也有一首七言詩〈登峰〉，還請前輩多加指正！」凌絕頂也趁機說道。

「哦？〈登峰〉？我倒想聽聽看！」杜甫愣了一下。

於是凌絕頂迅速吟唱道：「飛如輕燕坐如鐘，蒼海茫茫隱巨龍；倚天長嘯彤雲裂，踏遍崑山五百峰！」

「好一個『踏遍崑山五百峰』！真是氣勢磅薄！沒想到少俠十八歲就有此不凡胸懷，真是令人佩服！」杜甫乾澀的臉頰終於露出了一絲笑容。

「謝謝前輩的誇獎！這首小詩乃是晚輩的一種自我期許罷了！離前輩的境界還差了十萬八千里呢！」凌絕頂靦腆說道。

「對了！晚輩差點忘了一件事！終南山水月上人囑咐晚輩將她的《水月集》面交給前輩，請前輩多加指正！」凌絕頂說完，又從懷中取出一本小冊子交給杜甫。

「原來是我與李白在終南山和水月上人唱酬的詩集！水月上人是佛門道界中不可多得的才女，不知道她近況如何？」杜甫翻了翻詩集問道。

「水月上人現在擔任終南山水鏡庵的住持，她非常關心前輩的安危，對前輩的詩才評價甚高，她囑咐晚輩一定要助前輩逃出虎口！」凌絕頂答道。

「等我逃出賊窩後，有機會一定前往終南山向她致謝！」杜甫也說道。

「對了！前輩是否要換洗衣裳後再跟晚輩一塊出城？」凌絕頂突然想起了杜甫的儀容。

「用不著再換了！少俠有所不知，安史叛軍一進長安，見到穿官服的就抓，見到穿華服的就搶就殺！所以在長安城

內，衣服穿破爛一點比較能保障自身性命的安全；再說，長安現在不比從前，被安賊燒殺擄掠一空後，哪還有賣新衣的店鋪？更別說可以大吃山珍海味的酒樓了？這裡簡直跟地獄差不多了！我被囚禁的地方常常缺糧，幸好還有幾家人家肯接濟我，尤其是贊上人，常常留我吃住，要不然我早就餓死了！所以我天天都想逃出去，天天都盼望皇上的大軍趕快收復長安城！」杜甫越說心中就越悲憤，熱淚也已經盈眶了。

「前輩的遭遇真令晚輩感到痛心疾首！晚輩馬上帶您離開這個鬼域！」凌絕頂安慰杜甫道。

「謝謝少俠！我等這一天已經等得頭髮都快要插不住簪子了！」杜甫向凌絕頂表達了感激之意。

「對了！前輩與晚輩這麼一走，會不會牽連到贊上人，害他坐牢或送命？」凌絕頂想到了贊上人的安危。

「這一點請少俠放心好了！由於我早就有逃亡的計畫，所以我外出夜宿哪些地方，都不會告訴看守我的叛軍，他們也不會追問我的去處，因為他們知道我不是什麼大官重臣，更知道我根本逃不出有重兵把關的城門口！」杜甫趕忙解釋道。

「這樣，晚輩就心無牽掛，可以立即帶您逃出長安城了！」凌絕頂隨即說道。

於是杜甫在凌絕頂輕功的大力協助下，終於逃出長安城外。

9‧馳騁而去

望著金光門外的蓁蓁青草，杜甫低聲對凌絕頂說道：「若不是怕驚動城門守衛，我真要對著天空大喊三聲『我杜甫自由啦！』」

凌絕頂則問杜甫道：「前輩是不是要往靈武方向去謁見皇上？」

「現在不去靈武，要去鳳翔了！」杜甫趕忙說道。

「為什麼？」凌絕頂問道。

「因為我從贊上人那裡得到的消息是說，皇上已將指揮部從靈武移師到鳳翔，這樣，離長安也就近多了！」杜甫解釋道。

「請問前輩，鳳翔離長安還有多遠的路程？」凌絕頂想瞭解一下目的地的距離。

「大概還有一百多里的路程吧！我也不太清楚！」杜甫答道。

「好！晚輩現在就去牽馬過來，即刻啟程！」說完，凌絕頂就準備前往金光門外的楓樹下牽馬。

這時，忽然五、六十個胡兵左手拿著火炬，右手拿著長劍圍了上來。

原來，凌絕頂將馬匹栓在金光門外時，已被巡邏的胡兵盯上，而去向胡營將領密報，於是胡將調派了一大群胡兵在此「守株待兔」，準備生擒馬主。

「大膽奸細！你們是誰派來的？還不從實招來！」領隊的胡兵對著凌絕頂和杜甫大聲吆喝著。

杜甫一聽，嚇出一身冷汗，說道：「完了！這麼多的胡兵，一個人怎麼對付得了！萬一被抓回去，我的美夢又要破碎了！」

「前輩別擔心！看晚輩的！」凌絕頂說完，立即向那群胡兵回嘴道：「我們不是甚麼奸細！我們是堂堂正正的大唐子民！」

「臭小子！不跪稱大燕子民，竟狂稱大唐子民，這不是奸細是什麼？還敢嘴硬？」領隊的胡兵聽了凌絕頂的答話，氣得破口大罵道。

凌絕頂也不甘示弱，繼續教訓他道：「只要你向我跪稱自己為大唐子民，我就放你一條生路！」

領隊的胡兵一聽，肺都快氣炸了，於是吆喝道：「大家擺開陣勢，把這臭小子給碎屍萬段！」說完，馬上就揮劍過來。

凌絕頂臉上毫無畏懼之色。他冷笑三聲後，隨即運氣出掌，剎那間，五、六十個胡兵都被懸在三丈高的夜空中不動，遠看還以為是元宵節慶的花燈表演呢。

杜甫見狀，嘖嘖稱奇道：「少俠的武功竟達如此境界，真是令人敬佩！怪不得令師替少俠取名為『凌絕頂』，顯見他對少俠的期望極高！」

「前輩過獎了！不知前輩希望晚輩如何處置這些胡兵？是摔死他們，還是給點教訓就算了？」凌絕頂一邊運氣，一邊問杜甫的意見。

「給點教訓就算了！我想，他們也是被安史逆賊從北方逼來這裡打仗的！」杜甫起了仁心。

「好！晚輩聽從前輩的指示，給他們一點教訓就算了！」於是，凌絕頂將五、六十個胡兵由空中緩緩放了下來，落在草地上，然後一陣掌風將火炬全部熄滅，載著杜甫上馬西行。

那五、六十個墜地的胡兵早已嚇得魂不附體，四肢發軟，哪還有膽子敢去追殺凌絕頂跟杜甫兩人，因此只有眼巴巴地看著他們兩人馳騁而去。

10・太白村莊

出了金光門之後，凌絕頂載著杜甫馬不停蹄地一路向西行進，不久，便安然抵達太白村。

太白村是太白山下的一個小村落，村裡只有二十幾戶人家。

杜甫看見村莊前吊掛著寫著「太白村」三個大字的燈籠時，感到特別親切，這使得他想起了好友李白，不知李白近況如何。於是就對凌絕頂說：「少俠，我看今晚我們就在此地過夜，明早再繼續出發，如何？」

凌絕頂也覺得讓杜甫這位前輩休息一陣也好，晚上雖然有些月光，但畢竟夜路是不好騎的。於是就回答道：「也好！白天騎馬比較好騎些！」

兩人下馬準備找間客棧住宿一晚，然而從村頭找到村尾，卻找不著一間小客棧。此時正好有個老態龍鍾的村民走

了過來，凌絕頂便上前問道：「老前輩，晚輩想在村上找間客棧投宿，但找了半天卻毫無所獲，老前輩是可否告知原因？」

「你們二人要往何處去？」老翁打量了凌絕頂跟杜甫全身上下後問道。

「我們二人乃大唐子民，從長安逃出，有急事要前往鳳翔謁見皇上！」凌絕頂坦誠相告。

「原來是對抗安賊的大英雄！失敬！失敬！本村因為戰亂關係，人煙稀少，所以目前沒有經營旅客生意的酒樓或客棧。兩位如果不嫌棄的話，可以在老朽家委屈一晚，明日清晨再出發，如何？」老翁說道。

「前輩，看樣子，今晚我們只能借宿在村民家裡了！」凌絕頂轉身對杜甫說道。

「戰亂時期，有過夜的地方就已經不錯了！」杜甫則點頭說道。

於是老翁帶領凌絕頂與杜甫到他住的小屋去過夜。

老翁一進門就指著屋裡的三張床說道：「老朽的兩個兒子去年都戰死在沙場上了，孩子的娘也於今春病逝。老朽睡這張大床，另外兩張小床就委屈兩位睡一晚了。還有，老朽家中沒有什麼好東西招待兩位，涼開水倒有一壺，兩位要是渴了，就請自便！」

聽老翁這麼一說，杜甫不禁想起了他的妻兒，不知道她們目前的處境如何。

「謝謝老前輩，太打擾您老人家了！」凌絕頂向老翁拱手道。

「謝謝大叔！再請問大叔，從太白山到鳳翔還有多遠？」杜甫也問道。

「大概還有六十里的路程。中間還要經過一座武功山，才能到達鳳翔。」

「武功山？」凌絕頂似乎未曾聽過這座山名。

「對！就是我大唐郭子儀將軍軍隊紮營的地方。」老翁解釋道。

「那太好了！只要見了郭將軍，我就有希望見到皇上了！」杜甫臉上終於露出了難得一見的笑容。

其實，杜甫真想太白村的老翁家裡能有一罈美酒那就太好了。因為，他是個嗜酒如命的人，自從被安史叛軍囚禁長安之後，已經有半年多的的時間滴酒未沾了。他的好友李白雖然自稱是「酒中仙」，但他自己的酒量也不比李白差到哪去啊。他寫〈飲中八仙歌〉這首詩，稱讚了大唐著名的八位酒中豪客，就差點沒把自己寫進去。如今，好不容易逃出長安城，卻只能喝杯涼開水，若是酒癮犯起來，哪還受得了！

當晚，他作了一個美夢。他夢見自己穿著麻鞋去晉見皇上，皇上肅宗知道他對大唐的赤膽忠心之後，特別當面嘉許他，讓他沐浴梳洗，換上朝服，並且當著將士之前，賞他美酒一罈，清燉羊肉一鍋。他喝得盡興、吃得痛快，終於醉倒在營帳中。

第二天清晨，老翁準備了兩個饅頭給凌絕頂和杜甫當早餐；早餐一吃完，老翁就送他們到村子口，然後對他們說：「希

望你們順利見到郭子儀將軍，請郭將軍早日派大軍來收復長安，這樣我們小老百姓就再也不用過苦日子了！」

「老人家，您放心！我們一定會把大唐百姓的心聲帶到的！」凌絕頂與杜甫向老翁揮了揮手後，準備往武功山馳去。

這時杜甫突然讚歎道：「好峻的太白山！」

凌絕頂聽了，也趕緊轉身望去，這一看，連他也震懾住了。原來太白山山勢崢嶸，參天入雲，山頂積雪，銀光四射，與他以往遊過的名山大為不同。昨晚因為天色關係，沒看清楚，今早起來，才看清楚了它的驚人面貌。

「我以前也有遊過泰山，嵩山這些名山，但從未登過太白山，不知李白兄有沒有登過此山？如果不是因為戰亂的關係，我真想現在就去登上最高峰，仰天長嘯一番！」杜甫望著白雪皓皓的太白山，嚮往之情油然而生。

「等皇上光復長安之後，前輩就可一償宿願了！」凌絕頂安慰杜甫道。

「嗯！少俠說得頗有道理！」杜甫說完，隨即對山吟唱道：太白銀光射，天池湖水冰；奇峰拔萬仞，絕頂雲霞蒸。

凌絕頂一聽，立即讚賞道：「前輩果然是詩壇巨擘，隨口吟來，即是好詩！」

「少俠過獎了！這只不過是我信口胡謅的即興詩罷了！」杜甫客氣地說道。

於是二人帶著依依不捨的心情，逐漸遠離太白山。

11・萬蝠洞中

半個時辰之後，他們二人來到了怪石嶙峋的「萬福洞」前。

「萬福洞？真是好兆頭！這表示我杜甫終於苦盡甘來，要享大福了！」杜甫望著洞前三個大字，高興地說道。

「嗯！的確是個好兆頭！」凌絕頂見了，也頓時鬆了一口氣。

正當他們二人欣喜之際，驀然間，有一大群赤色蝙蝠從洞中迅速飛了出來；細看之下，每隻蝙蝠單翼約有三尺之長，他們發出「吱！吱！吱！」的尖叫聲，聽得人毛骨悚然。

「少俠！你曾經見過這種赤色的大蝙蝠嗎？」杜甫用驚懼的表情問凌絕頂。

「晚輩從未見過！」凌絕頂則神態自若地回答道。

「不知這種蝙蝠會不會吃人？」杜甫又不放心地問道。

「應該不會吧？此洞既然叫做『萬福洞』，那就表示牠們應該是吉祥的動物才對啊！」凌絕頂依然笑容滿面地答道。其實他心裡頭也覺得怪怪的，因為他曾聽師父柳至禪說過，蝙蝠這種又像飛禽又像走獸的黑褐色動物，牠們大白天都在山洞裡睡覺，到了晚上才飛出洞外捕食小飛蟲，也有少數蝙蝠不吃飛蟲，只吃水果花蜜。但不管怎麼說，體積都很小，沒什麼可怕的！如今大白天從洞裡飛出雙翼長達六尺的赤色蝙蝠，這的確是件不尋常的事情。

「希望如此！否則就有大麻煩了！」杜甫仍是惴惴不安的表情。

二人正說著說著，那群赤色蝙蝠忽然在半空中排成了一個像是「福」的大字。

杜甫看了，大吃一驚道：「我只見過鴻雁排成『人』字，卻從未見過蝙蝠也能排成『福』字，今日真是教人大開眼界哪！」。

「晚輩亦有同感！」凌絕頂臉上也露出了驚訝的表情。

然而，正當杜甫與凌絕頂雙雙讚歎蝙蝠的靈通時，那群赤色大蝙蝠突然散開，排成三行，每行大約有三十隻的樣子，直朝他們二人俯衝過來。

杜甫見狀，臉色驟然大變，無法言語；凌絕頂則不慌不忙，立定腳跟，向空中連發十掌。不到片刻功夫，那將近百隻的赤色大蝙蝠，紛紛墜地，奄奄一息。

杜甫鼓起勇氣往前一看，這些赤色蝙蝠的臉宛如獼猴，嘴則類似老鷹，爪則接近虎爪，面目變得十分猙獰。

「依晚輩的猜測，這群赤蝙蝠可不是一般吃小飛蟲的普通蝙蝠，牠們倒像是大型肉食動物，誰遇到牠們，不被吸乾精血才怪！」凌絕頂望著蝙蝠的屍體，向杜甫解釋道。

「幸好少俠內力深厚，掌風強勁，否則後果不堪設想！」杜甫聽了，臉色由驚轉喜。

12・一片軍營

過了萬福洞，還騎不到半個時辰，遠遠就望見一片軍營。

「前輩，前面有一片軍營，不曉得裡面駐紮的是我軍還是胡兵？」凌絕頂轉頭對杜甫說道。

「真的？那太好了！說不定就是郭子儀將軍的光復部隊呢！」杜甫一聽，開心極了。

「可是，營外沒有士兵巡邏，營帳上也沒有飄著旗幟！」凌絕頂覺得有點蹊蹺，又對杜甫說道。

「也許這是兩軍作戰時的一種欺敵術，讓敵人不敢貿然接近我軍！」杜甫讀過一些兵書，知道一些兵法的用途，因此心裡頭做了這樣的推測。

「好！那我們就往前直走囉！」凌絕頂聽了杜甫的一番話，便拉著馬韁往前直行。

「喂！有人在嗎？我們是大唐子民，是來投靠郭將軍的！」凌絕頂邊騎邊喊道。

「我是杜甫，是大唐朝廷的官吏，從長安城安賊叛軍手裡千辛萬苦逃出來的！」杜甫也很清楚地表明了自己的身分。

「好啊！不打自招的兩個大唐賤民！看你們往哪逃！逃得了長安，逃不了鳳丘！」從營帳中傳出嚴厲的人聲後，接著就有六十來位身穿胡軍制服的弓箭手，紛紛從營帳裡鑽出來，排成一個半圓形，然後用銅箭對著馬上的凌絕頂與杜甫兩人。

「快說！你們是怎麼逃出長安城的？誰是你們的接應人？」為首的那位軍官走到馬前大聲喝斥道。

「是在下將大唐官吏從長安城救出來的！在下就是接應人！」凌絕頂面不改色地回答道。

「胡說！就憑你一個小毛頭子，怎麼可能輕易帶人逃出我軍重兵把守的長安城？分明是在說謊！還不快從實招來！」為首的那位軍官一聽之下，氣得吹鬍子瞪眼。

「在下沒有說謊！在下是憑絕頂輕功救出大唐官吏的！」凌絕頂實話實說，一點也不隱瞞。

「絕頂輕功？你騙誰？長安城有幾丈高，你飛得進去，飛得出來嗎？」為首的那位軍官仰面大笑後，六十來位弓箭手也都笑得前仰後翻。

「你若不信的話，在下立刻表演一下，好讓你大開眼界一番！」凌絕頂還沒等軍官回話，人已從馬上躍到半空中。他在空中翻了十幾個跟斗，然後急速轉身，用雙腳從每位弓箭手的頭頂輕輕踩過，再坐回馬背上。

軍官一看，怒不可遏，即刻下令道：「這大唐賤民竟敢如此無禮！還不快快射死他們！」

六十來位弓箭手接獲命令後，便馬上張弓搭箭，朝凌絕頂與杜甫射來。

眼看就要箭箭穿心，只見凌絕頂輕輕將手往上一揮，六十來支銅箭忽然轉向，朝天空直直飛去，然後又快速墜下，貫穿每位弓箭手的腦袋，弓箭手紛紛倒下慘死。

　　那軍官見狀，嚇得拔腿就跑，還沒跑上五十步，凌絕頂一個掌風就把他擊斃了。

　　「少俠幹得好！」杜甫不停地稱讚凌絕頂。這回他從一開始坐在馬背上，就一點也不心驚膽寒了，因為，他在長安城外就已親眼見識凌絕頂的武功造詣，所以即使有六十來位弓箭手拿箭對著他射，他也處之泰然。再說，在長安城外，凌絕頂聽從他的意見，已經饒了一群胡兵的命；這回將鳳丘胡兵全部殺絕，也是為了保障唐軍安全，不得已的果斷作法。因此，他只有讚歎之語，而無責備之言。

13・七犀河畔

　　離開了鳳丘，凌絕頂與杜甫繼續向西前進。半個時辰之後，他們二人來到了七犀河。

　　「前輩，這裡是七犀河，我們可以下馬到岸邊喝點水再走，好不好？」凌絕頂聽到潺潺的水流聲後，轉頭對杜甫說道。

　　「好啊！我正口渴得要命呢！」杜甫欣然答道。

　　於是二人下馬，走到岸邊去飲水，順便也讓馬兒飲水解渴。

　　這時，忽然有個背柴的中年樵夫從水岸快速走過，凌絕頂趕緊起身問道：「請問大叔，這兒離武功山還有多遠？」

　　「不遠！不遠！騎馬的話，大概半個時辰就到了！」樵夫神情緊張地轉頭答道。

「再請教大叔，這裡為何叫做『七犀河』？」凌絕頂指著水岸邊石碑上的三個大字問道。

「因為這裡常有犀牛出沒！牠們最愛撞擊人馬！這一年內，已經撞死了約一百個人、一百匹馬！你們還是不要停留太久，早早離開較好！」樵夫說完，頭也不回，便快步往山坡上走去。

凌絕頂正想問樵夫，這些犀牛長什麼樣子？總共有多少隻？牠們的脾氣如何時，忽然聽到像山搖地動般的腳步聲逐漸走近。

他抬頭一看，不得了！那群犀牛有紅、白、黃、綠、藍、黑、紫七種不同的顏色，每種顏色的犀牛各有七隻，牠們排成七列，向著水岸直沖過來。大概還差個三十步的距離就要撞上了人馬。

「怪不得此河要叫做『七犀河』！原來這群犀牛的皮膚有七種不同的顏色，而且還會排成七列，真是稀奇古怪，前所未見啊！」凌絕頂望著犀群大歎道。

「少俠！這群犀牛來勢洶洶，萬一被牠們的牛角撞到或被大腳踩到，就沒有活命的機會了！」杜甫從未見過這麼聲勢浩大的犀牛群，因此提醒凌絕頂注意。

凌絕頂則不慌不忙地說道：「前輩且莫擔心！晚輩自有良策！」說完，左手拉著馬韁，右手拉著杜甫的左手，往空中一躍二丈，就避開了犀牛群的攻擊。等犀牛群衝到河流的對岸後，即刻降落地面，然後策馬向武功山方向疾駛而去。

那群犀牛撲了個空，沒撞到人馬，心裡氣急敗壞，於是轉身跨河再度衝刺，但凌絕頂與杜甫早已策馬遠去了。牠們無奈，只有眼巴巴地、氣喘吁吁地站在原地跺腳。

14・揮淚告別

過了七犀河，再騎一個時辰，終於看到一座青山聳立在眼前。

「前輩！前面那座山想必就是武功山了！」凌絕頂趕緊告訴杜甫這個好消息。

「是嗎？讓我看看！」杜甫一聽，興奮地往前瞭望。

武功山雖然沒有太白山那麼巍峨高聳，但也山石磊磊，奇峰林立，最重要的是，看見武功山，就表示距離郭子儀將軍的的虎帳龍營不遠了。因此，這與觀賞太白山雪景的心情是不可同日而語的。

「太好了！我們離皇上越來越近了！只要能見到皇上，我吃的苦、受的罪都算不了什麼了！」杜甫那種如久旱之望甘霖的激動心情，如玉壺冰心般的一片忠誠，表露無遺。

凌絕頂見到杜甫這種堅毅的愛國情操，心裡頭也感動萬分，差點想隨他一塊去謁見肅宗，為肅宗效命。只不過，他畢竟不是大唐朝廷命官，他還沒有像杜甫那般的忠君熱忱。於是，念頭一轉後，他對杜甫說道：「對了！晚輩等下送前輩到郭將軍營帳前，晚輩就要立即返回成都向家師覆命了。家師曾一再叮嚀晚輩，希望前輩不要向任何人透漏至禪門協助前輩逃出長安的這件事！」

「少俠請放心！我不會向任何人說起這件事的！哪怕見到皇上，我也會告訴他，是我自己一個人在夜晚趁安賊叛軍不備時逃出長安城的！」杜甫語氣剴切地說道。

「謝謝前輩！不情之處，還請前輩諒察！」凌絕頂面帶歉容說道。

「少俠千萬別這麼說！」杜甫也帶著感激的眼神說道。

過了不久，兩人終於看到一片青色的營帳，一片飄著「郭」字的赤旗，而營前則有一群身著大唐甲冑的兵士正在巡邏。杜甫一見，淚水立即如雨般地落了下來。

「前輩請多保重！」凌絕頂拉著馬韁準備掉頭。

「少俠也多保重！」杜甫含著淚水向凌絕頂揮了揮手。

大唐才子蒙難傳奇

第六回

繫獄潯陽李白冤
死裡逃生彩雲間

正當獨幽篁與凌絕頂分赴洛陽、長安兩地前去營救王維和杜甫兩位才子的同時，雲想容也日夜兼程地往廬山方向急馳，希望能早日與他心目中的大詩人李白會面。

雲想容已是武林絕頂高手，外出時應該不需要用男裝來保護自己，應該可以穿上漂亮的高腰女裙，戴著一頂盛行於唐代的寬邊圓帽行走於江湖之間才對。然而，一位單身女子出外夜宿，畢竟有許多不方便的地方。因此他只好暫時忍一忍，還是裝扮成少年遊俠的模樣。

在未抵廬山之前，她曾經先後在岳陽樓附近與衡山兩處名勝古跡休憩與夜宿。

1・鬥雞館內

首先，她來到了離洞庭湖不遠的一座「鬥雞英雄館」。

「不知道鬥雞長什麼樣子？怎麼個鬥法？我好想進去開開眼界。」

雲想容也從未見過鬥雞的場面，對鬥雞也充滿了好奇心，於是她進去了。

其實，鬥雞是唐朝極為普及的一種娛樂，就連唐玄宗本人也熱愛鬥雞這種娛樂，他還帶頭在宮廷建了一座鬥雞坊，領著妃嬪一塊觀賞，風氣一開，就連王公大臣都紛紛豢養鬥雞自娛。當時有一位年僅十三歲的童子，很會鬥雞，深得玄宗寵幸，還得了「神雞童」的封號。由於柳至禪是禪宗至禪門門主，一向慈悲為懷，所以他嚴禁弟子進出這種場所，也因此他的三位弟子從未見過鬥雞的血腥場面。

雲想容將馬栓好之後，就進了「鬥雞英雄館」。剛踏進館內一步，立即瞧見地上大約有五十對五顏六色的鬥雞正在拚個你死我活，而每一隻鬥雞身子都有二尺至三尺之長，鬥性十分堅強，有的毛已被啄光，身上傷痕累累，只剩下脖子上幾根碎毛，但仍然拼命用嘴去啄對方，不肯認輸。牠們的主人也在叫喊打氣。旁邊則圍了正在下賭注的一群人，他們押哪隻鬥雞會贏。

看到這種殺氣騰騰的殘忍場面，雲想容心想道：「這種鬥雞娛樂實在太殘忍了！鬥雞主人只顧著發財出名，卻把原本好好的雞訓練成如此野蠻的動物，真是不道德啊！怪不得小時候我們想去看鬥雞，師父都不准我們去看，我們三人還不高興，背地裡埋怨師父是個老古板呢。原來，師父的顧慮是對的！

還有，這座鬥雞場取名叫『鬥雞英雄館』一點也不恰當！因為所謂『英雄』應該指的是行俠仗義之士！這些鬥雞兇狠殘忍，不問是非，哪有俠義精神？再說，這些鬥雞主人見錢眼開，鼓勵盲目的爭鬥，又哪配稱作『英雄』？至於拿錢下注的觀眾，離『英雄』更是十萬八千里了！」

雲想容正在沉思時，忽然看見一對鬥雞主人大吵了起來。

「你作弊！你給你的鬥雞灌了大量的辣椒水，牠才會這麼兇猛無情！」右手抱著血跡斑斑的黃色鬥雞主人，破口大罵道。

「大哥別說二哥！彼此都差不多！我灌辣椒水又怎樣？你還不是給你的鬥雞喝了好幾杯烈酒！」左手抱著鬥志高昂的紅色鬥雞主人則反唇相譏。

「你胡說！我從不給雞灌酒！不像你，老是靠作弊才打贏別人！」黃雞主人指著對方的鼻子罵道。

「作弊又怎樣？再囉嗦，我就放雞咬死你！」紅雞主人一聽，氣得暴跳如雷。

「誰怕你的辣椒雞？有種就放牠過來！信不信？我一腳就踹死牠！」黃雞主人站了起來，做出踹腳的動作。

「好！這是你自找的！可別怪我事先沒警告過你！」紅雞主人說完，就把手上的鬥雞朝對方扔了過去。

那只大紅鬥雞一見對方，就像見了仇家似的，即刻展翅撲了過去，張嘴要啄對方的眼睛，在此千鈞一髮之際，雲想容悄悄運氣發功。剎那間，那隻大紅鬥雞便停止啄咬動作，回到主人身邊站立不動。

「『紅鶴』！快去咬死黃雞主人！」紅雞主人不停地比著手勢，叫著鬥雞的名字。可是，叫了十次，「紅鶴」就是一動不動地站著，連半步都不肯踏出。

黃雞主人見狀，樂得哈哈大笑道：「看吧！辣椒水的藥性一過，就不靈了吧！現在，看我的『黃犬』怎麼整治你的『紅鶴』！」言畢，即將手上「黃犬」往前一扔，希望牠能由敗轉勝，幫主人贏回面子。

誰知，「黃犬」一到「紅鶴」跟前時，突然也站立不動，任黃雞主人怎麼叫喊，也無動於衷。兩隻鬥雞就這樣呆呆站著，如同棄甲卸刀的兩個武士一樣。

雙方主人大吃一驚不說，就連一旁圍觀的群眾也倍覺詫異，以為兩隻鬥雞都中了邪了，於是紛紛交頭接耳。

原來這是雲想容在暗中發功造成的。她心想：「乾脆好人做到底！讓現場所有『武士』都變成『文士』！」

念頭剛想完，全場所有鬥雞隨即站立不動，兩眼發呆。一時間群眾騷動不已，鬥雞主人也個個不知所措。

雲想容見大功告成，便笑容滿面悠悠然離開「鬥雞英雄館」。

一路上，雲想容又想道：她縱然可以把「鬥雞英雄館」的百隻鬥雞的鬥性給除掉，可是，天下還有許多鬥雞場，她能將天下所有鬥雞的鬥性都給除光光嗎？那是不可能的事！武功有它空間與時間上的極限，世上還沒有人能一掌擊破天下所有的岩石！更不可能擊破十年甚至百年後的岩石。她以為，問題的癥結不在鬥雞身上，而在人身上，只要人人有慈悲心，鬥雞即使想鬥也無從鬥起！

2・四毋童娘

離開「鬥雞英雄館」之後，雲想容不知不覺已騎到了「四毋橋」前。

「這座小橋叫做『四毋橋』，應該不會碰上孔老夫子或他的七十二弟子吧？」雲想容自語道。她之所以會這麼說，是因為柳至禪除了平日要求他們三個徒弟讀詩之外，還規定必須勤讀《論語》的緣故。

還沒等回應，已經有四位年齡大概十一、二歲的四尺小女孩突然擋在她面前了。她定睛一看，這四位小女孩的表情和扮相都十分奇特：第一位臉上忐忑不安；第二位，轉過頭

去，一副不愛理人的樣子；第三位臉上露出極不耐煩的表情，第四位則擺出一副嬉皮笑臉的神態。她們每個人左邊都紮了一根辮子，右邊則盤了個圓形髮髻，髮髻上插了一朵黃花，衣服則穿得破破爛爛。

「你們是誰？為何要擋住我的去路？」一發現有四位小女孩擋在面前時，她便隨口問道。

「我們是誰你都不知道？我們就是名滿岳陽的『四毋童娘』！」四位小女孩齊聲答道。

「四毋童娘？太好了！不妄自猜測！不走極端！不固執己見！不一切唯我！這就是孔老夫子『毋意！毋必！毋固！毋我！』的宏大精神！難得妳們小小年紀就悟透了這個道理，真令人敬佩啊！」雲想容聽了，肅然起敬道。

「去！去！去！什麼『毋意！毋必！毋固！毋我！』！才不關我們的屁事呢！你給我聽好！我是幫裡的老大，綽號『童毋耐』，別名『小羊』！他是老二，綽號『童毋睬』，別名『小猴』！左邊這位是老三，綽號『童毋泰』，別名『小豬』！右邊這位是老四，綽號『童毋乖』，別名『小貓』！」臉上不耐煩的那位童娘自我介紹完後，又一一介紹他的三位同夥。

「原來是四位小女俠！不知諸位有何指教？」雲想容在馬背上笑著問道。

「既然我們號稱『四毋童娘』，那就表示我們四人若是高興，就讓你通往衡山；我們四人若是不高興，就不讓妳通往衡山。如果你過不了我們這四關，就休想前往衡山去！」童毋耐又顯出很不耐煩的語氣。

「人小口氣大！誰都有去衡山的自由，妳們憑什麼阻擋別人的去路？」雲想容一聽之下，又氣又好笑。

「就憑這個！」四毋童娘說完，隨即擺出疊羅漢的姿勢，四人腳踩著頭，雙手併於大腿處，立刻形成一根筆直的長柱子，而童毋乖則站在最上頭，露出玩世不恭的表情。接著四人又疊成了斜角形狀，怪的是人卻摔不下來。

「大哥哥！你有多大本事，敢跟我們四毋童娘較量？」童毋乖擺出一臉調皮搗蛋的樣子。

「哥哥的本事可大著呢！詩才高，武藝強！哥哥一會兒就叫妳們：乖乖順順人耐煩！彬彬有禮心泰然！信不信？」雲想容笑著回答道。

「才不信呢！我們要先試試你的詩才！駱賓王大詩人你知道吧？」童毋乖仍然嘻皮笑臉地說道。

「當然知道啦！他是神童！相傳他七歲時就寫出『鵝鵝鵝，曲項向天歌；白毛浮綠水，紅掌撥清波。』的〈詠鵝〉童詩。」雲想容笑答道。

「那，你能不能仿照駱賓王大詩人的〈詠鵝〉，在馬背上立即完成〈詠羊〉、〈詠猴〉、〈詠豬〉、〈詠貓〉四首童詩！」童毋乖隨即問道。

「當然沒問題！妳們聽好：羊羊羊，嘴邊鬍子長；低頭吃青草，昂首望山岡。這是〈詠羊〉詩；猴猴猴，滿臉無憂愁；樹間憑我跳，山裏任吾遊。這是〈詠猴〉詩；豬豬豬，不怕地骯汙；扁鼻嗅食物，細尾迎屠夫。這是〈詠豬〉詩；貓貓貓，利爪勝鋼刀；轉睛如虎視，叫聲似撒嬌。這是〈詠

貓〉詩。怎麼樣？過關了吧？」雲想容在馬背上一口氣唸完了四首童詩後，微笑問道。

「嗯！勉強過關！」四毋童娘雖然嘴巴這麼說，心裡頭可十分佩服雲想容的即興詩才。因為兩年來，還沒有一人能通過她們四人的童詩考驗！

其實，雲想容心裡明白，她作的這四首童詩，雖有童趣，但嚴格講起來，對仗並不工整，自然無法與駱賓王的〈詠鵝〉相提並論。好在四毋童娘也不計較詩的格律，她也就安然過關了。

「對了！剛剛大哥哥說自己詩才高，武藝強！詩才我們已經領教過，現在就要在武功上一較長短了！」老大童毋耐又擺出一副不耐煩的樣子。

「那有甚麼問題！四位小女俠髮簪上各插了一朵黃花！是吧？」雲想容笑問道。

「沒錯！」四毋童娘異口同聲答道。

「好！那我就翻騰五丈之高，把妳們頭上的四朵黃花一一握到我的手中！如何？」雲想容又笑問道。

四毋童娘一聽，個個面露疑色。

「好！不信是吧？那哥哥我就不客氣囉！」雲想容說完，把帽子摘下扔在馬背上，然後翻了個身子。這一翻，起碼有五丈之高，然後又在空中翻滾了十幾下，落地後即刻合掌運氣，念念有詞，只見她們頭上的黃花紛紛飛向雲想容的手中，一朵不少，一朵都沒破。

四毋童娘見狀，氣得臉色發青，於是騰空飛向東南西北四方，擺開陣勢，準備出掌重擊立在中間的雲想容。

雲想容輕輕一轉身，只聽得「嗖！嗖！嗖！嗖！」四道聲響，從她髮頂射出四枚類似飛鏢的小東西，分別擊中四毋童娘的四個眉心。

四毋童娘被擊中眉心花鈿後，表情頓時變了樣：童毋泰臉上再也不忐忑不安，完全是穩若泰山、處之泰然的模樣；童毋睬則一改昔日不理不睬的表情，變得彬彬有禮、噓寒問暖；童毋耐則顯得氣度寬宏、耐心十足；童毋乖則變得聽話、不再任意調皮搗蛋。

四毋童娘見自己的性格與表情前後判若兩人，而且眉心毫無傷痕，方知雲想容內力之深厚，於是齊向她敬禮道：「多謝哥哥教誨，我們一定洗心革面，重新做人！」說完即手牽手怡然離去。

柳至禪曾說髮簪可當暗器，雲想容今天她總算親眼應證了這門絕技。可是，她的髮簪依舊在，秀髮也未散落，這又是何故呢？

原來雲想容只運氣碎斷了百分之四的髮簪，所以髮簪依舊在，秀髮也未散落，四毋童娘更是毫髮未傷！師父柳至禪還告訴過她，至禪奇功到了一定的境界之後，不但可改變人的性格，還可以改變花葉或山林的顏色呢！

3・波斯幻術

雲想容正在沉思默想時，忽然聽見有人邊跑邊喊道：「快去看波斯人表演的幻術！遲了就看不到了！」

「聽師父說，長安住了許多波斯人，有做生意的，也有表演幻術的！不曉得為何跑到岳陽來賣藝了！」

雲想容心想：「既然我從沒看過波斯人的幻術表演，不如趁今日這千載難逢的機會，好好去觀賞一下！

想罷便朝著群眾圍觀的方向走去。

「各位大叔、大嬸！大哥！大姊！我們是從波斯國來到大唐國長安城作職業表演的幻術師，我叫如幻，是哥哥；她叫如夢，是妹妹。大家也都知道，長安城被安祿山叛軍佔領後，弄得百業蕭條，民不聊生，許多人都逃到南方來避難！我們兄妹倆為了生活，為了保命，也只有逃出長安城。今天我們兄妹倆輾轉來到貴寶地，要表演我們波斯最拿手的幻術！表演的好，請大家有錢的幫個銀子，沒錢的幫個場子！明天我們就要離開岳陽了，這是我們在岳陽唯一的一場幻術表演！」一身胡人打扮，口操流利唐語的少年正在向群眾打躬作揖，而站在她身旁的，則是一位手拿絲娟，生得明眸皓齒的娉婷少女。

「我先表演吞劍，再表演吞火！」如幻說完，便將三尺長的寶劍從嘴裡往喉嚨慢慢插下去，然後又慢慢從嘴中取出來。在場的觀眾看得心驚肉跳，趕緊鼓掌。

接著如幻又表演吞火的絕技，只見他手裡拿著兩團如手掌般大的火球，張開嘴後便連續吞了下去，不一會兒又從嘴巴中吐出來。嘴唇既未燒焦，人也未發出疼叫聲。在場的觀眾看得目瞪口呆，連忙用力鼓掌。

再下來是如夢的表演，只見她手裡拿著一條白手帕，然後將手張開給觀眾查看，表示手裡並未藏匿任何東西。緊接著將手帕打開，從手帕裡連續飛出了十隻紅鸚鵡。現場觀眾

看了，個個欣喜若狂。隨後她又拿了一條綠手帕，如法炮製一番，結果從她手裡又變出十朵紅色的牡丹花。現場觀眾再次報以熱烈的掌聲。

「各位觀眾，底下我要表演一個『新瓶裝舊酒』的幻術，諸位請仔細看好！在我左邊這個透明的瓶子哩，什麼東西也沒有；在我右邊這個瓶子裡，卻裝滿了琥珀色的美酒。現在，我拿兩條手帕分別把它們蒙住，等下左邊的空瓶就會裝滿美酒，而右邊原先裝滿美酒的的瓶子則會變得空空如也！」如幻說完，立即將手帕一掀，左右兩個瓶子果然對調了！現場掌聲如雷，久久不停。

「蒙了手帕在上面，玩的是障眼法。要是拿掉手帕，還能對換瓶子，那我就心服口服了！」雲想容低聲想道。

「各位觀眾，最後由我如夢來表演『柳葉紅』的幻術！大家都知道，春天的垂柳乃是天下一大美景。我手上有十片青色的柳葉，現在我馬上要把這十片青色的柳葉，變成跟楓葉一樣嫣紅的柳葉！大家相不相信？」如夢講完，用雙眼掃描了一下現場，現場鴉雀無聲。

「好！既然大家都相信，那我就獻醜了！」如夢說完，隨即拿了條紅手帕遮在十片青色柳葉上，準備表演幻術。

這時人群中忽然走出一位獐頭鼠目的中年漢子，對著如夢大喝道：「且慢！拿掉手帕表演，才算真本事！」說完即搶走如夢手上的那條紅手帕。

如夢見狀，心裡著實慌了，因為，幻術就是靠著手帕這些個道具，再加上幻術師的眼明手快，才能產生驚奇的障眼效果。如今被人拿掉了手帕，哪還能將青柳變成紅柳？

於是她很有禮貌地說道：「前輩！請您將紅手帕還給晚輩，好不好？那是我們幻術師表演用的道具！」

「如果妳拿掉紅手帕，就變不出紅色的柳葉來，那就表示妳是在欺騙大家！大家說，是不是？」中年漢子手握紅帕，對著現場觀眾大聲說道。

「是！」現場觀眾同聲說道。

站在一旁的如幻也替她妹妹如夢捏把冷汗，可是他卻無能為力。因為他不能從觀眾手中再搶回手帕。否則觀眾就會取笑他們，甚至辱罵他們兄妹倆。以後再想出來跑江湖，可就沒那麼容易了。

正在此一緊張時刻，突然人群中有人大叫道：「大家看！柳葉變紅了！」

如夢低頭一看，她手中的十片青柳葉，果然全都變成紅柳葉了，她自己也著實嚇了一大跳。這時，掌聲雷動，觀眾紛紛解囊。

原來是雲想容在暗中相助，才讓那對兄妹保住了飯碗；雲想容偷笑了一下之後，立即騎馬向岳陽樓奔馳而去。

4 · 岳陽高樓

岳陽樓是一座三層樓高的建築物，雲想容登上三樓俯瞰八百里方圓的洞庭湖，只見水天相連，一望無際，心胸也開闊了不少。於是找個空位坐下，然後要上一壺「洞庭春」熱茶和一小碟滷花生。

　　這時，她想起二師兄獨幽篁來，不知道二師兄有沒有把王維先生營救出來？若是現在她能倚偎在二師兄身邊，那該多好！這麼一想，心裡頭遂湧起了一陣相思之苦，於是她想起李白〈長相思〉中的「天長路遠魂飛苦，夢魂不到關山難。長相思，摧心肝！」，想起〈長干行〉中的「郎騎竹馬來，遶床弄青梅。同居長干裡，兩小無嫌猜。」，想起〈古意〉中的「君為女蘿草，妾做菟絲花。百丈托遠松，纏綿成一家。」，想起「燕草如碧絲，秦桑低綠枝。當君懷歸日，是妾斷腸時。春風不相識，何事入羅幃？」的〈春思〉來。

　　她總覺得李白這位男詩人對少女、閨中少婦甚至怨婦的心理，刻畫得如此細膩入微，有時比女詩人更有過之而無不及。她真想見到李白本人時，當面請教這位大男人為何如此地瞭解女子心理。

　　想著想著，忽見三樓中牆一片空白，了無詩意，於是一時詩興大發，連忙叫小二取筆墨硯臺來，隨即在牆壁上題上一首五言詩：洞庭八百里，雲影映波光；胸無千條墨，不敢登岳陽！題完詩，本想在落款地方簽下「雲想容」三字，但回頭一想，師父柳至禪一再提醒她們三位徒弟莫在江湖上洩漏至禪門的身分，以免惹來麻煩，因此她打消了簽名的念頭。

　　正當她完成題壁詩時，隔壁一桌坐著一位像是公子闊少的年輕人，忽然用粗魯的態度對她說道：「這位小兄弟，你憑什麼說：胸中沒有千條墨的人，就沒膽子登上岳陽樓！好！你自以為才高八斗是不是？我岳陽吳公子現在倒要仔細搜搜你胸中有幾條墨？如果搜不到一千條墨的話，我就要你親口把桌上的墨汁給喝下肚子裡去！」說完，即走過來準備伸手觸摸雲想容的上身。

雲想容右手掌輕輕往後一拍，那位岳陽吳公子人已被彈出三步之外，倒在地上哀叫不已。

牆角另外一桌七個手持金斧的彪形大漢見狀，立即放下酒杯，跑過來將雲想容的桌子圍了起來。

其中一位身穿黑衣的濃眉大漢對雲想容喝道：「大膽小毛頭！竟敢在太歲頭上動土！你也不去江湖上打聽打聽我們『洞庭七斧』跟岳陽吳公子的關係！如今你得罪了岳陽吳公子，還不乖乖跪下來向吳公子磕頭賠罪！」

雲想容聽了，置之不理，依舊低頭喝她的「洞庭春」。

那位黑衣大漢看了，火冒三丈，說道：「你好大的狗膽！竟敢敬酒不吃吃罰酒！老子叫你嘗嘗洞庭七斧的厲害！」說完就揮動三尺長的巨斧砍了過來。

雲想容不慌不忙，將瓷製的茶杯朝空中丟去，只見茶杯與巨斧相撞，「碰！」的一聲，斧頭頓時斷成兩截，而茶杯卻完好如初，落在桌面上，而杯裡的茶水一滴也沒外露。

另外六位身穿藍衣的大漢見了，覺得面子有點掛不住，心想：再怎麼講也不能輸給一位小毛頭嘛！於是紛紛揮舞重達三十斤的斧頭朝雲想容當頭砍來。

雲想容笑了一笑，拿起桌上的小碟子往空中一拋，碟子急速擦過六把斧頭，六把斧頭仍然各自斷成兩截，而碟子卻安然落在桌上，絲毫沒有破損的跡象，碟子裡的滷花生一粒也未少。

洞庭七斧見了，知道對手不是等閒之輩，趕緊拉起倒在地上的岳陽吳公子一塊落荒而逃。岳陽吳公子一面逃跑，一

面虛張聲勢地對雲想容狠狠說道：「今天算本公子運氣不好，讓你這小毛頭占了便宜！你給我等著！本公子會再來找你算這筆帳的！」

雲想容心想：「多麼詩情畫意的洞庭湖光，卻被這些粗野的漢子們給破壞殆盡，真是掃興極了！」於是結完帳之後，立即跨馬而去。

5・磨鏡九僧

由於廬山離洞庭湖還很遙遠，雲想容打算先在衡山歇個腳再出發。

衡山一向有「南嶽」的美稱，它跟「中嶽」嵩山一樣，也有七十二峰之多。雖然它的最高峰叫做赤帝峰，然而最有名的卻是芙蓉、紫蓋、天柱、祝融與石廩五座山峰，峰峰青翠，溪溪清澈，山區更有不少古剎名寺。

雲想容一見到衡山就想到「磨鏡臺」去參觀一下。因為那裡曾發生過禪宗史上有名的磨磚成鏡故事。

故事是這樣的：玄宗開元年間，懷讓禪師在南嶽衡山般若寺傳法，有個叫做馬祖道一的和尚整天就在地上專心坐禪，別的什麼事也不做。南嶽懷讓禪師知道他是可造之材，所以走過去故意問他道：「你整天坐禪，到底是為了什麼？」

馬祖和尚回答道：「還不是為了成佛？」

懷讓禪師聽了，也不說話，就從地上撿起一塊磚頭，不停地磨了起來。

剛開始時，馬祖和尚也沒有任何反應。可是磨了一天之後，終於引起他的好奇心。於是他問懷讓禪師說：「大師整天磨磚，到底想做什麼？」

「也沒什麼！只是想把磚頭磨成鏡子罷了！」懷讓禪師隨口答道。

馬祖和尚一聽，很不以為然地說道：「磚頭怎能磨成鏡子呢？」

懷讓禪師聽了，便笑道：「既然天天磨磚都不能磨成鏡子，那麼你每天這樣坐禪，又豈能真正成佛？」馬祖和尚恍然大悟，從此便拜懷讓禪師為師了。

雲想容十歲時就曾聽她師父柳至禪講過這個故事，因此，她對磨磚成鏡的故事總是充滿濃厚的興趣。現在有機會來到故事發生的地點，她當然要好好參觀一下才是。

走到擲缽峰下的一排柳樹前，終於讓她發現遠處一塊青石碑上刻著「磨鏡臺」三個大字。她欣喜萬分，往前再走三步，這時突然發現一座寺廟的空地前有九位年輕的和尚正坐在地上磨東西，看上去與大師兄凌絕頂年齡差不多。

她覺得十分好奇，便上前問道：「幾位小師父在做什麼？」

「磨磚成鏡！」眾僧異口同聲地說道。

「磚頭哪能磨成鏡子？快快停手，別做傻事了！」雲想容和顏悅色地勸道。

「誰說不能磨成鏡子？施主，你看！」眾僧又異口同聲地說道。說完，每人迅速站起，將右手伸出來，原來右手裡

都有一塊像似黃金一樣顏色的銅磚。每人用銅磚對著太陽，立即金光閃閃，刺人眼睛。

雲想容見狀，便問道：「你們是……」

「我們就是武林中最新成立的『磨鏡門』，外號『磨鏡九僧』！我們的寺院就叫做『磨鏡寺』！」磨鏡九僧手持銅磚指著寺院的匾額說道。

雲想容順著他們手指的方向一看，遠處果然有「磨鏡寺」這座小廟宇。於是她對磨鏡九僧說道：「在下今晚想在貴寺借住一宿，不曉得方不方便？」

「當然可以！正好我們寺院東角有一間禪房空著沒人住！不過施主得先答應我們三個條件才行！」其中一位和尚說道。

「哪三個條件？」雲想容問道。

「第一、必須能擋得住我們的銅磚鏡！第二、必須能把柳葉變成紅色，第三、必須能不用管子就能吹出簫聲！」那位和尚答道。

雲想容心想：「這分明是想讓我知難而退嘛！」不過，她還是毅然答應了這三個苛刻條件，而且說道：「你們也要答應我一個條件，那就是：如果我贏了，你們就得將『磨鏡門』改為『磨心門』，從此不再玩磨磚這種把戲！」

「好！一言為定！」磨鏡九僧紛紛點頭答應。

「好！那就出手吧！」雲想容屹立不動道。

　　磨鏡九僧一聽，立刻擺開陣勢，他們手持銅磚，往空中一拋，剎那間，九塊銅磚排在一起，形成了一面長方形的大銅鏡，吸著太陽光向雲想容直衝過來。要是煥了普通人，不被大銅鏡放射的熱氣與強光給弄得眼花撩亂，暈頭轉向，也會被大銅鏡給重擊而死。但是，雲想容畢竟不是泛泛之輩，只見她閉目運氣，剎那間，原本一面長方形的巨大銅鏡居然被壓縮成一面圓形的小鏡子，而且金光頓時退色，竟成了青綠的銅繡色，掉在空地上。

　　磨鏡九僧一看，嚇得個個雙腿發軟，額頭冒汗。

　　「怎麼樣？第一關過了吧？」雲想容笑問道。

　　「當然過了！」磨鏡九僧趕緊答道。

　　「那就進行第二關！走！我們一塊到前面柳樹林去！」雲想容說完，就帶著磨鏡九僧走了過去。

　　到了一顆大柳樹前，雲想容對磨鏡九僧說道：「你們誰先來把柳葉變紅？」

　　磨鏡九僧個個都在搖頭。

　　「好！那就看在下的囉！」說完，往柳樹前靠了一步。須臾之間，滿樹的柳葉都從翠綠色變成和楓葉一樣的嫣紅，直看得磨鏡九僧個個兩眼發呆，半晌說不出話來。

　　「怎麼樣？這關也算過了吧？那就進行最後一關囉！誰先來？」

　　磨鏡九僧你看我，我看你，都搖手表示放棄這項比賽。

於是雲想容用雙手做出吹簫的動作，一時間簫聲幽怨，扣人心弦；過了一會兒，忽然西風四起，葉落紛紛，眼前竟成了一片秋意闌珊的景致。

磨鏡九僧看了，終於合掌說道：「施主武功蓋世，小僧們佩服得五體投地！今晚施主可以盡情地在擲缽峰瀏覽月色，享用齋飯。小僧們會讓施主有賓至如歸的愉快感覺！」

6・廬山東林

在衡山磨鏡寺借住一夜之後，雲想容拜別了磨鏡九僧，向廬山疾馳而去。

廬山這座處處清泉、飛瀑的奇秀山脈，山峰之多，幾乎接近百座，而彌漫的雲霧，更使遊人有如置身仙境的奇幻感覺。

雲想容下馬仰望廬山美景，早已忘卻在岳陽樓的不愉快事情。她眼裡看著有如煙水氤氳的廬山，心裡便想起李白這位大詩人在少年時期寫過的三首歌詠廬山的詩來。第一首描寫廬山山南的香爐峰說：「仰觀勢轉雄，壯哉造化工！海風吹不斷，江月照還空。」，第二首描寫同樣的香爐峰又說：「日照香爐生紫煙，遙看瀑布掛長川；飛流直下三千尺，疑是銀河落九天。」，第三首描寫廬山東南的五老峰則說：「廬山東南五老峰，青天削出金芙蓉；九江秀色可攬結，吾將此地朝雲松。」

「這三首詩把廬山風景寫得如此神奇，後人想要超越李白先生，恐怕是難於登天了！」雲想容一想到這裡，心中對這位大詩人更是景仰萬分。

「不曉得李白夫婦究竟隱居在廬山的哪一座山峰，是香爐峰還是五老峰？」雲想容一邊漫步於廬山西北麓，一邊在尋找李白的住處。走到虎溪橋時，抬頭突然望見「東林寺」三個大字，讓她驚喜不已。

「李白先生生平最喜歡與佛道人士來往，相信東林寺的高僧必然知道他的住處！我只要前去打聽一下就行了！」雲想容想完，便朝東林寺大門走去。

東林寺是晉代高僧慧遠建立的一座寺廟，現在的住持是淨心長老。淨心長老一聽說門外有人要找李白夫婦，便吩咐寺裡和尚帶此人進門。

雲想容一見淨心長老，便拱手行禮道：「晚輩雲想容拜見淨心長老！」

「施主免禮！施主請坐！」淨心長老笑道。

「多謝長老！」雲想容說完便坐了下來。

「請問施主找李白夫婦有何要事？」淨心長老問道。

「家師聽說李白先生將有大難，特派晚輩前來護救李白先生，但晚輩卻無法掌握他目前的狀況，因此特地前來貴寶地叨擾，請長老指點迷津！」雲想容據實以告。

「原來如此！老衲實不相瞞，李白夫婦數月前確曾隱居於五老峰下的屏風疊，賞月觀瀑，不問世事。然而，當今皇上的弟弟永王李璘的水師抵達九江時，卻三次派遣其謀士韋子春前來廬山央請李白先生出山，協助永王對抗安祿山與史思明那幫逆賊，儘快收復長安、洛陽兩座京城。這種三顧草

廬的誠意終於打動他，使他決心追隨永王左右，一展謝安、
孔明之運籌帷幄之才。」淨心長老也一五一十地吐露了李白
的愛國情操。

「這是件好事啊！」雲想容高興地說道。

「唉！施主有所不知！永王李璘的哥哥，也就是太子李
亨在靈武即位為當今皇上後，曾屢次要求永王的將士聽他調
遣，永王卻認為自己是奉太上皇的命令擔任江陵郡大都督，
有權調遣將士對抗安史叛軍。最後被當今皇上誤認為逆黨，
派兵前往討伐，結果永王大軍兵敗潰散，他自己也身亡了。
李白先生是他的重要謀士，因此被視為永王同黨，在南奔途
中被當今皇上的軍隊逮捕下獄。」淨心長老不停歎息道。

「真是兄弟相殘，禍及無辜啊！」雲想容聽了，也搖頭
歎息道。

「施主在這兒可以直言不諱，在外頭談及李白先生的冤
情，可千萬要謹慎才行！老衲以為，施主想營救李白先生，
此種俠肝義膽固然值得稱許，但是，施主有無想過：李白先
生並非像王維先生一樣，是被安史叛軍囚禁於洛陽城，他是
當今皇上正要治罪的逆黨，施主此番前去救他，等於是跟皇
上作對，施主難道不怕被牽連入罪？」淨心長老見雲想容年
少不知宮廷權爭之錯綜複雜，便憂心忡忡地規勸道。

「謝謝長老提醒與教誨！晚輩會見機行事的！」雲想容
十分感激淨心長老對她這位晚輩的諄諄告誡。

「阿彌陀佛！這樣老衲也就寬心多了！」淨心長老合掌
說道。

「對了！晚輩請問長老，李白先生常來貴寺與您談詩論道嗎？」雲想容忽然問道。

「嗯！他的確常來敝寺與老衲談詩論道，他的詩才可說天下無雙！他尋仙訪道的經歷也很豐富。他一直嚮往著『花暖青牛臥，松高白鶴眠。』的隱逸生活。只不過老衲總覺得他志不在道山，而在軍略或仕途！」淨心長老搖了搖頭說道。

「何以見得？」雲想容問道。

「如果他真想終身隱居或登山求仙，又怎會出山去襄助永王，去淌這趟不該淌的渾水呢？」淨心長老解釋道。

「長老所言甚是！晚輩也相信李白先生目前在獄中一定悔恨不已！」雲想容點了點頭說道。

「老衲也有同感！」淨心長老也點了點頭。

「對了！據晚輩所知，李白先生少年時曾寫下三首歌詠廬山的好詩，不知這次隱居廬山，有無留下頌讚廬山的好詩來？」雲想容腦海中又浮現了美景如畫的廬山詩意來。

「據老衲所知，李白先生此次登臨廬山，是來躲避安史之亂的。這與少年時期遊歷名山大川的心境大為不同。因此他這趟廬山之行，頌讚廬山的詩連一首也未作過。或許，他人在廬山卻心繫長安，根本就看不到廬山氣象萬千的各種美貌吧！」淨心長老做了合理的推論。

雲想容一聽，臉上難掩失望之情。因為她很想再看到李白這位才子歌詠廬山的新作，這樣，她才可以拿來跟李白的舊作做一番比較，看看詩人年齡不同是否會對同一座山的感受也有所不同。

7・無弦上人

離開東林寺後，沒走多久，「西林寺」三個大字深深吸引了雲想容的目光。

「西林寺？那不是晉朝大詩人陶淵明先生的叔祖父，為慧永大師所施捨的寺院嗎？怎麼規模看起來就比東林寺要小得多！聽師父說，陶淵明先生平日喜歡搜集一些神奇怪誕的故事，他生前有無弦琴一張，很可能就藏在西林寺中！」雲想容想起陶淵明的無弦琴，禁不住想入寺一探究竟。

在魏晉南北朝時，初建的西林寺只是一座單獨的寺院，而到了唐玄宗即位後，又在寺後敕建了一座六角七層的千佛磚塔。所以，從遠處眺望，總是會先看見千佛塔這個新建築物。由於慧遠大師為了擴大弘法效益，決定在西林寺建妥九年之後，自己另建氣勢雄偉的東林寺來容納廣大僧眾，自此之後，他入住東林寺，東林寺的香火就比西林寺更加鼎盛了。

雲想容來到西林寺拜見住持，巧的是住持的法號就叫做「無弦上人」！

「恕晚輩無禮！上人法號『無弦』，是否真與傳說中陶淵明先生的無弦琴有關？」當雲想容得知西林寺住持的法號為「無弦」時，心中不免大吃一驚，隨即問道。

「老衲的法號的確與陶淵明先生的無弦琴有關！」無弦上人笑答道。

「晚輩願聞其詳！」雲想容彬彬有禮地說道。

「是這樣的！本寺之興建與陶淵明先生的祖先頗有關聯。據本寺上屆住持『無曲上人』的說法，陶淵明先生隱居在廬山時，常抱無弦琴一張，於五柳樹下吟唱。當別人問他琴若無弦如何談出音樂時，他總是笑答道：『素琴撫一曲，弦徽不須具；何勞弦上聲，但識琴中趣。』別人不懂他的想法，於是都把他當瘋子看。有一天下午，清風徐來，他依然在五柳樹下彈他的無弦琴，但說也奇怪，當時他居然彈出有旋律的琴聲來，聽者當場都傻了眼，以為他這張無弦琴是一張神琴，紛紛出高價向他收買。但是他卻無意讓人！」無弦上人娓娓說道。

「喔？有這麼神奇？晚輩在想，會不會陶淵明先生用的是透明無色的絲弦，所以外人用肉眼才看不出來絲弦的存在？」雲想容又問道。

「絕無可能！因為世上並無透明無色這種絲弦！就算有的話！透明無色絲弦雖然用肉眼看不出來，但用手觸摸，總可以感覺到絲弦的存在吧！萬一有人要求觸摸琴身，那他豈不露出馬腳了嗎？」無弦上人不以為然地說道。

「上人所說極是！那，會不會是陶淵明先生內功深厚，運用『心弦』而使琴身發出悠揚的琴音？」雲想容又問道。

「那更是無稽之談了！陶淵明先生乃一文弱書生，哪懂什麼運行精氣之道？不錯！他是當過參軍，但那也只是幕僚人員，而不是什麼驍勇善戰的武將啊！」無弦上人搖搖頭說道。

「這也說不定！或許陶淵明先生是位深藏不露的武林高手呢！」雲想容一想到她師父柳至禪，便有了這樣大膽的推測。

「果真如此，『無弦門』早就名震江湖了！」無弦上人又搖了搖頭。

「上人可知陶淵明先生的無弦琴藏置何處嗎？」須臾，雲想容再問道。

「此琴放置在『藏琴閣』，現在由老衲負責保管！這也就是老衲法號『無弦上人』的原因！」無弦上人答道。

「可否借晚輩一觀？」雲想容興致勃勃地問道。

「當然可以！只不過……」無弦上人停頓了一下。

「只不過什麼？請上人明示！」雲想容焦急地問道。

「只不過陶淵明先生留有遺言，想看無弦琴的人必須先做到兩件事情才行！」無弦上人深鎖眉頭說道。

「哪兩件事情？」雲想容瞪大了眼睛問道。

「第一件事情就是，必須在離『藏琴閣』十步之外，隔空彈出琴音來！這件事情如果做到了，『藏琴閣』的鐵門就會自動開啟！」無弦上人答道。

「那，第二件事情呢？」雲想容迫不及待地問道。

「第二件事情就是，必須猜出無弦琴琴底所刻的銘文來！這件事情如果做到了，放置無弦琴的長形金盒也會自動打開！那就可以一睹無弦琴的真面目了！」無弦上人答道。

「這實在是難如登天了！」雲想容歎道。

「就因為難度太高，所以從陶淵明先生魂歸道山後，至今三百多年來一直都沒有人能做到這兩件事情，自然也就沒有人能一窺無弦琴的真面目了！」無弦上人也大歎了三聲。

「難道沒人敢偷偷開鎖窺伺一下嗎？」雲想容問道。

「出家人哪敢犯戒！就連老衲幾次想要持鑰打開『藏琴閣』的鐵門，都怕佛祖會懲罰呢！說來慚愧，老衲法號『無弦上人』，卻從未見過並撫摸過無弦琴，真是遺憾哪！」無弦上人又長歎一聲道。

「晚輩願意試一試！或許能讓大家一識無弦琴的真面目！請上人帶晚輩前往『藏琴閣』走一趟！如何？」雲想容沉默片刻後，忽然說道。

「施主果真能讓老衲及僧眾一開眼界，則從今以後，我西林寺之香火必將盛過東林寺了！」無弦上人欣喜說道。說完，即帶領雲想容來到藏琴閣。

當雲想容距離藏琴閣快到十步時，她忽然停了下來，用十指做出彈琴的動作。剎那間，仙樂飄飄，婉轉動人，『藏琴閣』的鐵門隨之自動開啟。無弦上人見狀，驚喜莫名，而西林寺中的僧眾聞聲，也都紛紛前來觀看究竟。

「施主果然做到了第一件事情！佩服！佩服！現在該做第二件事情了！」無弦上人讚美雲想容道。

雲想容低頭沉思之後，立即高聲說道：「刻在無弦琴琴底的銘文就是『琴無弦，心有弦；滌塵慮，悟太玄。』這十二個字！」話剛說完，放置無弦琴的長形金盒也自動打開。西林寺眾僧見了，個個目瞪口呆。

無弦上人隨即引領雲想容進入『藏琴閣』，並想親自將無弦琴取出觀看，誰知任憑他使盡全力，也搬不動無弦琴。原來，陶淵明的無弦琴乃是採用廬山飛瀑白石所製作的一張三

尺多長的「石琴」，琴身重達八十斤左右。非力大無窮者，絕無法搬動得了。

雲想容見狀，就說：「讓晚輩來搬搬看！」說完，將琴身輕輕翻轉過來，琴底果然刻有『琴無弦，心有弦；滌塵慮，悟太玄。』十二個行書字。

「多謝施主！西林寺的鎮寺之寶終於重現天下了！」無弦上人向雲想容致謝道。說完，即招喚四名體型魁梧的年輕和尚，將三尺多長的白色無弦琴抬出室外，供僧眾觀賞。

當西林寺僧眾正在聚精會神觀賞陶淵明的無弦琴時，忽然一陣清風吹來，隨即傳出一陣悠揚的琴聲。風聲停止，琴聲也隨之停止。於是僧眾交頭接耳，議論紛紛。

雲想容甚覺怪異，走前一看，原來無弦琴琴身兩側各鑿有八個小孔，風入孔中，即能奏出琴音。她將此一道理說給僧眾聽，僧眾聽了，都讚歎道：「真是一張神琴！」

離開西林寺之後，雲想容心中暗想：「沒想到師父無管吹簫的原理還可以應用到無弦琴身上，真是匪夷所思啊！而我一下子竟能猜出無弦琴琴底的銘文，更是不可思議啊！還有，陶淵明先生的無弦石琴重達八十斤左右，他老人家何以有力氣能用雙手輕輕抱住琴身？難道他老人家真的是位深藏不露的高人？如果他老人家能將石琴揮灑自如的話，那可是一件既能防身又能攻擊的絕世兵器呢！不曉得他老人家有沒有拿這張無弦琴去比過武，或者……算了！別再傷這些無謂的腦筋了，還是快去營救李白先生要緊！」

回首眺望如詩如畫的廬山後，雲想容立即跨馬朝潯陽江岸奔去。

8 · 潯陽客棧

潯陽由於地處偏僻，因此街市人群不多，與岳陽城的繁華相比，簡直有如天壤之別。

雲想容來到潯陽之後，開始打聽李白被拘禁在城中哪個監獄裡。她覺得，還是先往喜歡茶餘飯後閒聊天下事的酒樓客棧，比較能問出蛛絲馬跡來。於是她來到了設備簡陋的「潯陽客棧」。

雲想容將馬拴好後進入一樓用餐，吃完晚餐他便登上二樓客房休憩。當她正準備休憩時，突然聽見隔壁房間有人在竊竊私語，由於她的耳力極好，因此隔牆也能將別人談話的內容聽得一清二楚。

「大哥！剛才在飯廳吃晚飯時，小弟問你今晚的秘密行動是什麼，你總是支支吾吾不肯說個明白。好了！現在房間裡沒有外人，你總可以實話實說了吧？」

「噓！二弟，別出聲！我先看看門外有沒有人在偷聽我們的談話！」說完，那位被叫做「大哥」的便走到門口輕輕開門，伸出頭往左右瞧了一瞧。

「好！二弟，幸好門外沒有人影！現在我可以把今晚的秘密任務告訴你！上面要我們兩人在今晚月黑風高時，潛入郡牢將那個叫什麼『李白』的詩人給『喀擦』掉！」

「大哥！小弟不明白，詩人跟我們無冤無仇，為何要我們去殺一個吟風弄月的文弱書生？」

「他可不是一般的文弱書生，他是當今皇上眼中的逆黨，跟皇上的弟弟永王一塊造反，所以有人要將他除之而後快！」

「大哥！這我又不懂了！既然是逆黨，上面馬上將他斬首示眾不就行了！幹嘛還要我們『燕雙飛』跑來插手？」

「二弟！這你當然不懂了！這位詩人曾經在朝廷翰林院當過官，寫過歌詠楊貴妃的名詩，很受太上皇賞識，而滿朝文武百官中都有他的朋友在替他說情，就連他的妻子也在動用娘家關係為他四處奔走。所以上面有人怕他會被無罪釋放，暗中聯絡永王餘黨繼續對抗當今皇上，所以要我們先下手為強，免得讓他死裡逃生了！上面那些人自己不方便自己下手，只好借我們『燕雙飛』的雙手來除掉他們心目中的大患囉！」

「大哥所說的『上面』究竟是皇上本人還是皇上身邊那些自作主張的人？」

「這個我也不很清楚！反正我們聽命行事就對了！管他幕後是什麼人？」

「原來是這麼一回事！不過，事成之後，我們倆能得到什麼好處？」

「他們答應我，事成之後會給我們一萬兩的銀票！」

「什麼？一萬兩銀票？我們一輩子也花不完啊！」

「所以說，二弟！這筆大買賣我們是接定了！我們趕快抄上傢伙，好好幹它一票去！」

「等一等！大哥！我們連李白長什麼樣子都不知道，要如何在黑漆漆的牢房除掉他？」

「對了！二弟不提此事，我也差點給忘了！上面要我們進入牢房把獄卒弄昏之後，只要唸『床前看月光，疑是地上霜；舉頭望山月，低頭思故鄉。』這首詩，李白那逆黨自然就會聞詩應聲了！」

「這首詩我也聽鄰居一群小孩吟唱過，好像很風行的樣子。」

「那當然！這首膾炙人口的詩就是李白那逆黨在年少時所作的五言詩！」

雲想容聽完隔壁二人的悄悄談話後，一則以喜，一則以憂。欣喜的是，她終於知道李白先生囚禁的地點了；憂愁的則是，有人要暗殺李白先生，李白先生的性命真的是危在旦夕了！

「事不宜遲！我得緊跟著『燕雙飛』這兩個見錢眼開的江湖敗類，免得李白先生真的成了他們的刀下冤魂！」雲想容想完，便趁機尾隨著「燕雙飛」，直到潯陽郡牢門外。

9・千鈞一髮

潯陽郡牢門外有重兵把守，牢牆則有三層樓之高，普通人想要越獄或者劫獄，幾乎是死路一條。

燕雙飛到了牢獄門口附近，縱身一躍，就像兩隻黑色燕子輕輕地穿過高牆，飛入門內。

雲想容見「燕雙飛」身手矯健，輕如飛燕，才恍然大悟到二人取名「燕雙飛」的原因。

所謂「螳螂捕蟬，黃雀在後。」燕雙飛既已飛進郡牢，雲想容也立即飛了進去，以免李白遭難。

燕雙飛迅速將三位獄卒打昏之後，便提著燈籠，躡手躡腳，沿著牢房輕聲唸道：「床前看月光，疑是地上霜；舉頭望山月，低頭思故鄉。」希望用「引蛇出洞」的法子將李白找尋出來。

唸了十次之後，終於聽到有人在喊：「誰在唸我寫的〈靜夜思〉？」

「是我們！」燕雙飛回答道。

「你們是誰？為何在夜晚唸我早年所寫的樂府詩！」李白從床上起身問道。

「我們是永王的部屬，特別來此救你出獄的！」燕雙飛扯了個謊。

「永王不是已經被皇上的軍隊殺死了嗎？」李白有點半信半疑。

「永王的確已經身亡！在他身亡前，他曾留下遺言，要我們務必保護好您，即使您被捕入獄，也要將您營救出來！」燕雙飛又編了個謊言。

「沒想到永王還這麼重視我的性命安全，我真是錯怪他了！」李白一想到自己每天在牢裡發牢騷，後悔跟從永王時，心裡頭隨即泛起了一絲歉意。

「好！那我們就進來救您囉！」燕雙飛講完，馬上開鎖進入李白牢房，李白還來不及說「好！」還是「不好！」時，兩個黑衣蒙面人已經跳到了他跟前，而且從背上拔出雪亮的大刀來。

「你們是來救我的，還是？」李白望見雪亮的大刀，覺得事情有異。

「我們是來要你老命的！」燕雙飛邊說邊舉起大刀。

正在此千鈞一髮之際，另一個黑影也跳了進來，以迅雷不及掩耳之勢，伸出雙手捏住兩人的脖子，用力一按，兩人立即倒下斃命了。

「你是……」李白被此突來的舉動給嚇了一跳，於是趕緊問道。

「胸懷凌雲志，氣壯如金鰲；燕雀莫相隨，飄然已九霄！」雲想容隨即吟唱道。

「你怎麼會吟唱我七歲時作的〈詠大鵬〉詩？說！你究竟是誰？」李白心中有一種又驚又喜的感覺。

「晚輩雲想容拜見前輩！」雲想容立即行禮回答道。

「雲想容？」李白愣了一下。

「沒錯！雲想衣裳花想容，春風拂檻露華濃；若非群玉山頭見，會向瑤臺月下逢。晚輩本姓云，晚輩的法號正是家師根據您的清平調而取的！」

「令師是……」

「家師柳至禪乃當今至禪門門主，是他老人家派遣晚輩前來營救前輩的！」雲想容敬答道。

「原來是柳門主的高徒！怪不得知道我童年時的詩作。可是，剛剛那兩位黑衣人又是怎麼一回事？我真有點搞糊塗了！」李白戴著腳鐐手銬問道。

於是，雲想容就把在潯陽客棧聽到燕雙飛要來暗殺李白的經過，都一五一十地告訴了李白。

「原來是這麼回事？我差點誤信了他們兩人的鬼話！其實，我早該明白，永王已經被他親兄弟派兵殺死，怎麼可能還會派人前來營救我出獄去！倒是皇上身邊的那些人中，想要置我於死地的人大有人在！否則就不會發生今天晚上這樣的事情！對了！我要謝謝少俠剛才出手相救，不然我已枉死獄中了！」李白語重心長地說道。

10・託人相救

「這是晚輩應該做的事情，也是家師特別交代晚輩一定要完成的任務！」雲想容解釋道。

就在李白起身抬頭時，雲想容終於看清楚了他的容貌。雖然是拘禁在監牢這種地方，沒有華服，沒有梳洗，但仍然掩藏不住他那詩人的高貴氣質，而看他的年齡，跟師父柳至禪也很接近，應該都已是耳順之年的老翁了。

「少俠是如何知道我被關在潯陽大牢裡的？」李白忽然問道。

「晚輩是前往廬山東林寺拜訪淨心長老時，由長老口中得知前輩的遭遇的！」雲想容回答道。

「原來是淨心長老把我的近況告訴少俠的！我與他交情匪淺，避難廬山時，常找他談詩論道。他很關心我，曾暗示我出山襄助永王這件事要三思而後行。等我決定出山後，他又暗地裡派人打聽我隨永王出巡後的行蹤。我想也只有他才知道我繫獄潯陽的消息！」李白說這話時，心中對淨心長老充滿了感激之情。

「晚輩奉家師之遺命前來護救前輩，不知前輩可有嚮往大鵬翱翔於空的想法？」雲想容想試探一下李白目前的態度。

「多謝少俠的古道熱腸！我當然希望能像大鵬一樣的逍遙於蒼空。只可惜目前我是待罪之身，如果我跟少俠走了，那我就成了朝廷的通緝犯，連我的妻兒都要受到牽連，而少俠的劫獄行徑，勢必也會被冠上『謀逆同黨』的罪名，甚至令師柳門主都可能遭到滅門的。所以，目前最好的辦法就是托人向皇上說情，證明我是效忠皇上的、熱愛大唐的、痛恨安賊的，心中自始至終一點謀反的意圖都沒有！這樣若能感動皇上，赦免我的死罪，那我就可以洗刷冤情，還我清白，恢復自由之身，繼續留在長安效命了！」李白掏心掏肺地道出了他的想法。

雲想容聽了，覺得李白的分析十分合情合理，現在如果她貿然把李白從獄中救走，不但害了李白一家人，同時自己也得背負一生都洗刷不掉的罪名。那這樣的營救任務豈不一點意義也沒有？相信這絕不是師父柳至禪的本意。

「前輩覺得哪位朝廷將相最值得您付託呢？晚輩聽說您從前救過郭子儀將軍一命，找他向皇上替您說情如何？」雲想容忽然想到師父柳至禪曾經向他提過郭子儀將軍這個人。

「不行！千萬不能找郭將軍！」李白一聽，趕忙搖頭道。

「為什麼？」雲想容詫異地問道。

「因為，一來，我不想逼他償還早年欠我的人情！二來，他現在在離鳳翔不遠的武功山紮營，隨時準備奉皇上之命收復長安，根本沒有時間管我的案子。再說，武功山離這裡太遠，恐怕找到他時，我已經冤死潯陽大牢了！所以千萬不能找他，知道嗎？」李白解釋道。

「那該找誰最合適、找誰對您最有利呢？」雲想容又問道。

「找江南宣慰大使崔渙以及江南西道採訪使宋若思，他們二人深受皇上信任，有決斷之權，而且幕府離潯陽較近，更何況他們都認識我！」李白指出了兩位能助他迅速脫險的重臣。

「好！晚輩明天一早就出發去辦這件事情，請前輩放心好了！」雲想容語氣堅定地說道。

「那就麻煩少俠替我帶個口信，告訴他們我在獄中的近況，請他們務必早日救我出獄才好！」李白又叮嚀道。

「晚輩一定會將您的口信帶到的！對了！這兩位黑衣人前輩要怎麼處理？」雲想容轉身看著地上的兩具屍體問道。

「就讓他們躺在那裡好了！等獄卒醒過來，我會告訴他們實情，請他們嚴加看守，以免殺手混進來行兇！不過，少

俠請放心，我是不會說出至禪門跟這件事情的關係的！」李白回答道。

「多謝前輩！晚輩就此告辭！您就等候好消息吧！」雲想容說完即走出牢房，躍出郡牢，返回潯陽客棧。

11・抽水斷刀

　　十天之後，李白在崔渙以及宋若思兩位重臣的極力奔走之下，終於被無罪釋放，並且還被宋若思延攬為幕府參謀。

　　出獄當天，雲想容特地前來潯陽江頭送行。

　　「這次若不是少俠極力協助，我也不會這麼幸運就恢復自由之身了！」李白用感激的眼神望著雲想容。他一掃監牢裡的憔悴落魄模樣，展現出氣宇軒昂、玉樹臨風的神態儀容。彷彿自己又回到了早年在長安翰林院一展詩才的風華時代。

　　「前輩切莫這麼說！晚輩只是跑跑腿而已，真正出力的還是崔公與宋公兩位老前輩。」雲想容也謙讓道。

　　「他們二人的救命大恩我當然是不會忘記的，未來我只有鞠躬盡瘁，報效國家，來報答他們以及皇上的恩澤了！」李白說道。

　　「晚輩相信前輩的耿耿忠心，一定會讓滿朝文武百官都感動的！」雲想容也深信李白的愛國熱誠。

　　當李白正要說：「謝謝少俠！」時，突然江邊出現了一輛馬車，從馬車上迅速跳下三位手拿彎刀的武士。

「劍俠李白先生！我們找你找的好辛苦，這回總讓我們遇上了吧！看你還往哪躲！」其中一位身穿黃色武士服的武士向著李白大聲喊道。

「你們是誰？為什麼叫我『劍俠李白』？我跟你們之間有什麼深仇大恨？」李白一臉狐疑地問道。

「我們就是日本大名鼎鼎的『刀斷水』派三武士！你跟我們之間並沒有什麼深仇大恨，只是你在日本詩界的名氣很大，你在日本武林的名氣更是響噹噹，大家都想跟你切磋一下武藝，希望能打敗你這位武藝超群的大唐劍俠，好在江湖上揚名立萬！」黃武士回答道。

「普陀山的高僧也對您推崇備至！因為我們三人登陸普陀山之後，曾經和大唐武林人士交過手，但最令我們感到失望的是，這些號稱武林高手的江湖好漢，簡直不堪一擊，全都是我們手下敗將！後來遇到一位不願透露法號的高僧，他也建議我們來找您切磋武藝，必有意外收穫。於是我們到處打聽您的下落，打聽了一個多月才知道您今天出獄！所以我們雇了一輛馬車，日夜兼程的趕過來，就怕您已經離開潯陽了。」另一位身穿黑色武士服的武士也跟著說道。

「原來是從扶桑國遠道而來的俠客！失敬！失敬！不過，說真的，我恐怕要讓各位失望了，我只是個平凡的詩人酒客，並非什麼武藝高強的劍俠！我承認，我年少時，的確喜歡仗劍出遊，愛打抱不平，但劍術平平，並沒有什麼過人之處。等到了中年以後，我就再也不想當什麼遊俠了。你們看，我若是劍俠，身上為何沒有佩劍呢？你們一定是聽了江湖上的一些不實傳言，才認定我是武藝超群的劍俠，對不對？」李白一面轉身一面解釋道。

「我們的消息應該不會錯才對啊！」黃武士回答道。

「你們是從日本何人得知我是大唐的『劍俠』？」李白趁機問道。

「我們是從鑒真大師和晁衡先生兩位前輩的弟子那裡得來的消息！他們甚至說您經常歷遊名山，尋仙訪道，在山中遇到不少仙女仙翁，因此學會了撒豆成兵，長生不老的仙術呢！」黃武士再度回答道。

一聽到「鑒真大師」和「晁衡先生」兩個人的姓名，李白著實嚇了一大跳。因為，鑒真大師乃是大唐前往日本宣揚佛法的先驅，而晁衡則是日本派往大唐的留學生，學成後在大唐朝廷當官，李白、王維都與他過從甚密，而且還在他返回日本時賦詩為他送行。

「鑒真大師和晁衡先生我都熟識，他們也讀過我寫的遊俠詩歌。不過，我寫詩時喜歡運用誇張的手法來描寫事件與景物，這可能是他們弟子誤解我，把我當成武功蓋世的『劍俠』的主要原因吧！至於會撒豆成兵，深通仙術，更是從何說起！看樣子，他們把我對成仙的主觀憧憬也當成了客觀的事實吧！」李白再度澄清他並非外界心目中的「劍俠」或「劍仙」。

「原來是以訛傳訛，那我們花錢偷渡來大唐切磋武藝，不是白來一趟了嗎？」三武士都露出敗興的表情。

「放心！你們沒有白來！我身邊這位少俠武功絕頂，他一定會讓你們『刀斷水』派輸得心服口服的！」李白趁機介紹雲想容給三武士認識，因為他深知至禪門武功之出神入化。

「好！就先讓他領教一下我們『刀斷水』派的無上刀法吧！」三武士說完，將手上彎刀往空中一拋，齊聲說道：「抽刀斷水水更流！」，於是三把彎刀一齊飛入潯陽江底，只見潯陽江水激起三丈之高，江水加速地向東流去。隨後三人一齊合掌，口中念念有詞，三把彎刀即刻從水中飛回個人手中，刀上滴水未沾，江水也緩緩流動。

李白見了，大吃一驚，心想：「沒想到扶桑國的『刀斷水』派，刀法真能像我寫的詩一樣驚人！」

「怎麼樣？我們『刀斷水』派的刀法恐怕天下無敵了吧？」三武士得意洋洋地向雲想容大聲喝道。

雲想容笑了一笑，面向汩汩江水，然後縱身一躍三丈之高，對著江水吟唱道：「抽水斷刀刀更流！」，剎那間，有三道細如清泉的江水從江中迅速飛出，像三條細鐵絲一樣的裹住三武士手裡的三把彎刀，只聽得「喀擦！」一聲，彎刀頓時斷成兩截，被細水捲入江中，隨江水緩緩流去。

三武士見狀，嚇得目瞪口呆，半天說不出話來；李白也嘖嘖稱奇，歎為觀止。

「怎麼樣？」雲想容從空中落地問道。

「沒想到少俠的」『水斷刀』無刀法，比我們的『刀斷水』刀法更勝一籌！我們只有心服口服，甘拜下風了！」三武士向雲想容深深一鞠躬。

「無刀之刀，是為大刀！希望三位俠客能明白這個道理！」雲想容也向三武士勸勉道。

「怎麼樣？你們沒有白來吧！」李白也笑著說道。

「的確沒有白來！回到日本後，我們會派更多的武士前來向大唐武林學習武藝！就此告別，後會有期！」於是三人上了馬車，請馬車夫掉頭，朝普陀山方向駛去。

12・新羅花郎

三位武士離去之後，李白不禁讚賞雲想容道：「沒想到少俠已得到柳門主的真傳，真是讓人大開眼界！我過去也在各地名山常聽到柳門主武功蓋世的一些傳聞，但從未親眼見過柳門主的武功，今天從少俠方才的『水斷刀』無刀法，可以想見柳門主武功出神入化的程度了！我那『劍俠』的封號，簡直就是浪得虛名了！」

「前輩過獎了！晚輩也只不過學到家師的一點皮毛而已！離武學的至高境界還差一大截呢！」雲想容虛懷若谷地回答道。

正當雲想容講完話時，又有一輛裝飾十分華麗的馬車停了下來，從馬車上走下來四位身著花衣，腰佩寶劍的俊美少年，他們一見到李白，便恭敬地說道「晚輩拜見劍俠李白先生！」

「你們又是何人？」李白聽見又有人稱他為「劍俠」時，一時愣住了，便皺眉問道。

「晚輩乃新羅國『花郎道』武士，久聞前輩乃大唐第一劍俠，特從新羅渡海前來討教！」其中一位面如桃花的武士答道。

「原來是從新羅國遠道而來的俠士！歡迎！歡迎！你們求學的精神令人敬佩！可惜，我實在不是什麼大唐第一劍俠！方才日本刀斷水派三位武士來見我，我也告訴了他們事情的真相！」李白一聽是從朝鮮半島新羅國來的少年，馬上面帶笑容地解釋道。

朝鮮半島本有高麗、百濟與新羅三個國家，由於新羅國盛行花郎道，少年尚武，軍事強大。不久之後，高麗與百濟都被新羅王給統一了。唐朝與新羅國關係密切，在政治、軍事、文化與商業方面交流頻繁。李白當然清楚這些國際現勢。

「什麼？日本刀斷水派已經捷足先登了！我們原來在普陀山約好，準備一起來潯陽拜見您的，沒想到他們竟然搶先我們一步了！」面如杏花的武士憤然說道。

「不管他們先來一步，還是你們後來一步，反正都一樣！都從我身上學不到半點劍道！」李白搖了搖頭說道。

「刀斷水派這幾個騙子！都怪他們在我們面前吹噓您的劍術有多神奇，我們才千里迢迢趕來此地的！」面如李花的武士也咬牙切齒地說道。

「不如這樣好了！大唐俠士濟濟，高手如雲。我身邊這位雲少俠，一定可以讓諸位遠道而來的俠士不虛此行！」李白再次向新羅俠士推薦雲想容。

「他看起來比我們四人還年輕，他行嗎？」面如梅花的武士打量了雲想容全身上下之後，隨即帶著懷疑的表情問道。

「行不行，一比便知！」李白道。

「好！那就請雲俠士拔劍吧！由我桃花郎先來領教幾招！再由杏花郎、李花郎與梅花郎依次與你比武！」桃花郎拔出亮劍之後，對著雲想容說道。

「抱歉！在下身上從不攜帶任何兵器！自然無法與諸位比劍爭鋒！」雲想容一面拱手說道，一面暗歎道：「沒想到新羅國『花郎道』這四位年輕武士，長得比姑娘還俊美！大唐許多少女站在他們面前，恐怕都要失色不少呢！只是，長相雖然俊美迷人，武功如何還不得知！」

「既然你不帶武器，那我們也都把劍放下，與你空手搏鬥，這才公平！」桃花郎說完，便命馬車夫將四把寶劍一一收好。寶劍收好後，四人各自將右腳抬到頭頂，於是右腳與左腳形成了一條直線。然後再將腳放下，縱身一躍，分別朝前方四棵楓樹踢去，四棵楓樹立即斷成兩半。接著又在江邊找到四塊一尺多高的石頭，用力揮掌劈下，石頭頓時裂成兩半。四人手腳都未受傷。

李白見狀，心中暗想：「這新羅國『花郎道』的拳腳如此厲害，要是我也能練成，那就可以劈斷泰山頂上一些歌功頌德的刻石了！」

「新羅國『花郎道』的拳腳功夫果然不同凡響！佩服！佩服！現在輪到在下獻醜了！」雲想容話一說完，隨即對著三十步之外一塊三尺多高的岩石發掌，只聽「砰！」的一聲，那塊岩石早已碎成一百多塊的小石頭了。

花郎道四武士一看，內心震驚不已。

「雲俠士掌力果然驚人！但不知腿力能否勝過我們？」桃花郎仍未完全心服口服。

「你們花郎道自認腿力天下無敵！那好！現在你們四人同時飛踢，如果能把我踢倒，我就拜你們為師！」雲想容笑答道。

「這是你說的！好！你可別反悔！馬上你就可以見識到花郎道的神腿鐵腳了！」桃花郎說完，四人即刻騰空伸腿，朝著雲想容飛踢過來。若是普通人經這麼一踢，五臟六腑不碎裂、不當場吐血而死才怪。可是，雲想容畢竟非等閒之輩。她昂然立定身子，當四隻腳掌只差一寸距離就要觸及他的身體時，突然「砰！」的一聲，四人皆被彈到三丈之外，倒在地上呻吟不已。

「得罪了！」雲想容抱拳向四人說道。

「雲少俠的武藝讓我們佩服得五體投地！」桃花郎邊說邊走過來，另外三人也慢慢走了過來。

「過去，我們花郎道總以為拳腳要練到觸及對象，才有功效！看來我們的境界還不夠高！還需要向大唐武林多多學習才是！」桃花郎向雲想容鞠個躬說道。其他三人也紛紛鞠躬，表示敬意。

「其實，不觸人觸物而能傷人毀物，那才是上乘的武功！」雲想容解釋道。

「我們謹記少俠教訓！」四人說完，便登上馬車，向東前進。

13・琵琶胡姬

等花郎道四俠士離開之後，李白又稱讚雲想容說：「少俠的掌風與內功真是天下無雙！讓我又長了不少見識了！」

「前輩又過獎了！晚輩愧不敢當！其實，晚輩的武學只是升堂還未入室罷了！」雲想容趕忙說道。

正當雲想容與李白談話時，忽然傳來一陣清脆悅耳的琵琶聲。她回頭一看，原來是一位邊騎馬，邊橫抱曲柄琵琶撥彈的的金髮碧眼胡女。那胡女盤髮束巾，上穿紅衫，下著長裙。模樣雖已徐娘半老，卻依然散發著一股嬌媚迷人的風韻。

胡女一見李白。便即刻跳下馬問道：「您就是當年為楊貴妃寫作三首〈清平調〉名詩的李學士李白先生吧？在下找尋您快大半年了。要不是方才在半路上遇到新羅國的花郎道，得知您已出獄，正在潯陽江頭漫步，在下還不知道要走多少冤枉路呢！」

「我就是！妳是……」李白帶著詫異的表情說道。

「在下『琵琶胡姬』，乃是奉大燕國安慶緒皇帝前來邀請您去洛陽城作客的！」琵琶胡姬手抱四弦鬼面琵琶說道。

「豈有此理！安慶緒那逆賊找我去洛陽城作什麼客？」李白一聽，臉色頓時發青。他心想，安祿山那逆賊，被他親生的長子安慶緒給殺了、奪了皇位，他連安祿山這位大老粗都瞧不起，怎會去奉承他的逆子？

「這是因為，大燕皇帝最近納了一名歌舞相貌都賽過楊玉環百倍的的趙貴妃，趙貴妃深得皇上寵愛，妒煞後宮佳麗。皇上為了博得趙貴妃之歡心，可說到了有求必應之地步。他知道趙貴妃仰慕您的大名，十分欣賞您的詩才。所以很想請您替趙貴妃也作三首媲美〈清平調〉的名詩！如果作得好，令趙貴妃滿意的話，您會享有比大唐翰林院更優渥、更尊貴千倍的待遇！」琵琶胡姬答道。

　　「我恨不得殺了他這逆賊！怎麼可能去替他效勞？再說，當年我奉太上皇之命替楊貴妃寫詩，乃是在醉眼朦朧之下不得已所寫的御用詩。你該知道，酒醉之後看美人，猶如霧裡看花，這跟酒醒之後再看，完全是兩回事情！現在，就算比楊貴妃再傾城傾國的美女在我面前，我也沒興趣去作詩歌詠了！別說作三首，就連作一首的興趣都沒有！妳叫逆賊死了這條心吧！」李白越說怒氣越大。

　　「先生何須動怒？大唐許多老臣都在洛陽侍奉大燕皇帝，日子過得十分榮華，就連王維先生也不例外呢！」琵琶胡姬笑說道。

　　「我才不相信妳的鬼話呢！王維先生分明是被安賊手下脅迫擄入洛陽的！他哪會甘心替安賊效勞？」李白極力駁斥道。

　　「您到底去還是不去？」琵琶胡姬臉色一變。

　　「當然不去！」李白昂首回答。

　　「那就別怪在下不客氣囉！」琵琶胡姬杏眼圓睜地說道。

　　「妳想怎麼樣？」李白問道。

　　「大燕皇帝有令！不從者格殺勿論！」琵琶胡姬眼露殺機說道。

　　這時，站在李白身旁的雲想容往前一站，隨即斥道：「好大的口氣！這裡可不是洛陽賊窩！由不得妳撒野！能先過我這一關再說！」

　　「你是何人？竟敢干涉我的任務！」琵琶胡姬瞄了雲想容一眼後說道。

199

「我是李白先生的弟子！」雲想容隨口撒了個小謊。

「一個還未出師的毛頭小子，竟敢跟老娘叫陣！二十年前，老娘在長安醉月樓賣酒陪舞時，你還不知在哪呢！」琵琶胡姬怒火中燒地說道。

「妳是長安醉月樓的胡姬？」李白一聽到「長安醉月樓」這幾個字，馬上插嘴問道。因為，他少年時，跟許多公子一樣，曾經在胡人開設的酒肆中過著放蕩輕狂的買醉日子。當時，長安是個國際化的大都市，胡人來長安做生意的絡繹不絕，整個長安彌漫著一股胡風，大家都以穿胡服、說胡語、吃胡食為流行時尚。而最令他如癡如醉、留連忘返的就是有風情萬種的胡姬陪客的酒肆。他的〈少年行〉寫道：「五陵年少金市東，銀鞍白馬度春風；落花踏盡遊何處，笑入胡姬酒肆中。」。他的另一首詩〈前有一樽酒行〉寫道：「胡姬貌如花，當壚笑春風。笑春風，舞羅衣，君今不醉將安歸。」便是最佳的寫照。如今，眼前這位中年婦人也曾在長安醉月樓賣過酒，頗令他大感意外。

「如假包換！先生問這個做什麼？難道先生也曾去過長安醉月樓買醉不成？就算是去過，我也不會賣這個交情，饒你一命！」琵琶胡姬反問李白道。

李白當著雲想容的面，不太好意思提起少年時的荒唐生活。隨即答道：「喔！沒什麼！我只是隨口問問而已！」

「先生愛問啥就趕快問！反正先生拒絕跟在下回洛陽覆命，就只有死路一條了！」琵琶胡姬愀然變色道。

「我看未必！只要有我在，活路就有好幾條！」雲想容擋在李白身前說道。

「毛頭小子少說大話！等下我的〈七孔曲〉一彈，就連你也會七孔流血，一塊跟著陪葬啦！」琵琶胡姬大喝道。

「那就試試看！看我們會不會馬上七孔流血而死？」雲想容也不甘示弱地回斥道。

琵琶胡姬聽了大怒，立即跳到馬背上開始用象牙撥子〔彈片〕彈奏琵琶。琵琶聲一開始的旋律，像流水般的溫潤宜人，李白聽得如醉如癡；接者速度加快，像秋風掃落葉一樣的蕭瑟，李白也聽得心有戚戚；緊接著速度更快，像萬馬奔騰、飛沙走石撲面而來，震耳欲聾。李白聽了，忽感全身不適，昏昏欲睡。

這時，雲想容趕緊用雙手做出吹奏簫管的動作，剎那間，蕭聲四起，落英繽紛，百虎齊嘯，琵琶胡姬手上的四根弦突然全部斷掉，圓形琵琶也裂成兩半，令她大吃一驚。李白則頓時精神抖擻，又恢復了神采飛揚的神韻。

「怎麼樣！琵琶胡姬？如今琵琶弦斷身裂，還能再讓人七孔流血，致人於死地嗎？」雲想容緩緩放下雙手，對琵琶胡姬笑著說道。

「沒想到無管簫聲竟能摧毀我手上的鬼面琵琶！真是令人難以置信！二十年來，還沒有一個人能躲過我的〈七孔曲〉的！」琵琶胡姬邊搖頭邊感歎道。

這也難怪，因為她從十歲起就開始學習彈琵琶，後來在西域遇到一位人稱「鬼面琵琶」的琵琶女高手，傳授她武林人士聞風喪膽的〈七孔曲〉，並將畫有鬼面圖案、價值連城的曲柄四弦琵琶贈送給她，使得她打敗了數十位武林高手，贏

得了「琵琶胡姬」的美名。武林人士只要一聽到「琵琶胡姬」的名號，沒有不心驚膽寒的！她自己也以此盛名感到自豪不已！如今，卻敗在一位手無樂器的少年手中，心中難免興起無限感慨！

「所謂『兩軍交戰，不斬來使』！妳既然是安賊派來的密使，我也就放妳一條生路，好回去覆命！否則我再繼續吹下去，恐怕不是七孔流血，而是全身血脈逆流，死狀淒慘無比了！」雲想容見琵琶胡姬已敗下陣來，便網開一面說道。

「不用樂器而能發出樂聲，那才是音樂的至高境界！你回去對安史逆賊說，他們的氣數就快盡了！」李白也趁機訓示道。

琵琶胡姬聽了，帶著羞愧的面色躍馬疾馳而去，留在地下的是一支斷成兩半的曲柄琵琶。她不帶走它，不是因為她急於回洛陽覆命，而是這支琵琶已經不值一文了！

14・拜別詩仙

等琵琶胡姬遠去之後，李白對雲想容說道：「少俠！從你方才吹奏的簫聲中，我才真正明白『至簫去簫』的原因了！」

「其實，晚輩無管吹簫的技巧還不及家師的萬分之一呢！」雲想容說道。

「少俠過謙了！」李白隨即說道。

「那前輩還需不需要晚輩繼續暗中護駕您？」雲想容知道李白即將遠行，便直率地問說。

「不能再麻煩少俠了！說句玩笑話，如果我被流放二十年，難道少俠要保護我二十年不成？我自己也有兒有女，我能耽誤你們年輕人的青春歲月嗎？我能這麼自私自利嗎？我想我這個人是吉人自有天相，命還大得很，所以少俠用不著再浪費時間在我一個人身上，你已經完成了令師柳門主交代的任務了！」李白說出了他的肺腑之言。

雲想容一聽此話，頓時覺得李白真是個磊落的長者，竟能如此地為人著想，一時竟不知該如何回答才好。

「再說，妳一個姑娘跟著我東奔西跑，總是不太方便吧！是吧？」李白忽然加了一句讓雲想容大感意外的話。

「原來前輩早已知道晚輩是女兒之身！」雲想容內心嚇了一大跳，因為，她一直以為自己的女扮男裝技巧可以瞞過別人。

「妳那點化妝術豈能瞞過我老人家這雙利眼？你讀過我寫的一些描寫少女少婦的抒情詩，就應該明白：我李白對女性的觀察是相當入微的！就連楊貴妃都說她也自歎不如呢！所以，妳的舉手投足，一顰一笑，早就被我洞穿了！」李白解釋道。

「前輩的法眼果然令晚輩望塵莫及！」雲想容發出了讚歎之聲。她原先想，見到李白本人時，應該趁機詢問這位前輩何以如此洞悉女性心理。然而，經李白這麼一說，她反而失去提起這件事的勇氣了。

「其實，根本用不著什麼法眼！一聽妳的名字，就知道妳是一位姑娘！」李白笑說道。

　　雲想容一聽此言，不覺苦笑了一下。稍後她突然問道：「請問前輩靈感從何而來？從前江淹先生夢到郭璞先生送他五彩筆一支，使他才思如泉湧，晚年夢到郭璞先生收回五彩筆之後，就江郎才盡了。不知您是否也有類似經驗？」

　　李白笑答道：「我曾夢到屈原在汨羅江畔向我招手，但未送我任何彩筆；其實我還不想他送我彩筆呢！」

　　「為甚麼？」雲想容詫異問道。

　　「因為我還想一直創作到老，若是跟江淹一樣，被收回彩筆，那我晚年不就無所事事了嗎？」李白笑答道。

　　雲想容聽了，也露出了笑容。接著她又問道：「杜甫先生讚您『斗酒可以創作新詩百篇』，晚輩冒昧想問您，飲酒真能刺激靈感嗎？」

　　「沒這回事！如果酒能刺激靈感，那世上酒鬼都能成大詩人啦！」李白哈哈大笑道。

　　這時，李白忽然想到：「雲姑娘武功蓋世，但不知詩才如何，我得趕緊測試一下才行！」想完於是對雲想容說道：「我有上官婉兒的六言詩四首，如果你能在六步之內完成一首六言詩，我就將這四首詩告訴妳！」

　　雲想容高興萬分，說道：「上官婉兒是晚輩最心儀的女詩人，還請前輩快出題吧！」

　　「好！聽著！妳這首六言詩必須內嵌『閒』、『孤』、『寒』、『冷』四個字才行！」

　　於是雲想容不假思索地高吟道：「閒雲愛逐閒鶴，孤鶩偏倚孤松；寒星凝望寒月，冷雪靜聽冷風。」

「好極了！沒想到雲姑娘竟能六步成詩，而且詩意極佳，真是後生可畏啊！現在舉國上下都流行作五言詩與七言詩，作六言詩的卻極少，雲姑娘可以在這方面一展所長啊！」李白一聽，立刻讚美道。

「哪裡！哪裡！前輩過獎了！」雲想容腼腆地說道。

「好！我現在就將上官婉兒的四首六言詩唸給妳聽：第一首〈春風〉：吹面胭脂羞澀，拂衣裙帶嬌嬈；洞房初點花燭，金殿頻傳笙簫。第二首〈春雨〉：窗前霏霏細雨，亭外渺渺青山；野牛群集湖畔，牧童獨倚欄杆。第三首〈春鳥〉：枝頭啼聲巧囀，簷下芳影清閒；一朝身囚籠裡，何時翅展雲間？第四首〈春蝶〉：彩蝶雙雙飛舞，桃花朵朵逕迎；莊周春夢乍醒，西子玉簪留情。」

「果然是大唐第一才女！」雲想容聽完後驚嘆道。「對了！前輩是如何得到上官婉兒的四首六言詩的？她的詩晚輩都很熟，卻從未聽過前輩方才所吟唱的這四首六言詩啊！」

「這是個秘密！」李白露出神秘的眼神。

「秘密？」雲想容露出驚訝的表情。

「沒錯！這是上官婉兒的遺作，是她捲入宮廷政爭被皇上處死前寫的最後四首詩！她曾經託人將此四首詩轉交給我指正，而我為了擔心皇上會誤會我與她是同黨，恐遭殺身之禍，便將手稿燒掉，將詩銘記在心！」

「原來如此！」雲想容嘆了一口氣說道。她心中則想，日後她只專心於詩歌創作，絕不捲入複雜的政爭！因為她也

聽師父柳至禪告訴過她，上官婉兒曾經是武后的重臣，由於玄宗為了剷除武后的殘餘勢力，以順利登基，便將上官婉兒處死。

「好了，雲姑娘可以安心回成都老家去了！宋大人他們的人馬還在前面等著我呢！」李白帶著歡欣的笑容對雲想容說道。

「原來如此！那晚輩恭敬不如從命，就此拜別前輩！祝前輩一切順利平安！再創新詩！」雲想容恭敬地說完，隨即跨馬向西方快速馳去。

第七回
峨嵋山外雨瀟瀟
大唐詩海掀巨濤

1・返抵家門

　　雲想容歸心似箭，她想要早日趕回成都「柳蟬居」，去見她的師父及兩位師兄，向他們敘述自己營救李白的經過，並且也很想知道兩位師兄執行任務的細節。她心中暗想，兩位師兄等她恐怕等得已經不耐煩了，再不趕回去，萬一他們又往廬山這邊去找她，那不是很難碰頭了嗎？於是她快馬加鞭，星夜奔馳地穿山涉水返回家門。

　　「師父！大師兄！二師兄！我回來了！請快開門！」雲想容一到家門口，便跳下馬背，猛敲朱紅色的大門。

　　聽到師妹雲想容的叫喚聲音，獨幽篁與凌絕頂兩人都興奮地從屋裡頭急跑出來，穿過院子花徑，然後打開大門……

　　「師妹！果然是妳！你不知道我有多擔心妳！妳要是再不回來，我可真要去廬山找妳去了！」獨幽篁一見到雲想容，就很激動地說道。

　　「師妹！我比幽篁更擔心妳！幾乎天天都睡不著覺！要不是妳留言要我們務必在家等候妳，我真的會走遍大江南北，把妳找到不可！」凌絕頂也趕緊表達他的關切之意。

　　「其實，我也很想念兩位師兄！急於知道兩位師兄的近況！只不過不能飛鴿傳書，只能望月興歎罷了！」雲想容說著說著，眼眶跟著紅了起來。

　　「師妹！別難過！先進門再說！」獨幽篁一說完話，便拉著雲想容的手，進了大門口。

「對！對！對！進去再談！我還有好多話要當面向妳問清楚呢！」凌絕頂也不甘示弱地拉著雲想容的另一隻手，進入大門。

「你們別拉我的手，我自己會進屋！」雲想容甩開兩位師兄的手後，便快步進入廳堂。

當她正要高喊「師父，弟子想容回來看您了！」時，柳至禪卻從打坐的禪房中高喊道：「想容！妳終於平安回來了！」

原來柳至禪在禪房早已聽到雲想容的聲音，他不慌不忙地起身來到大廳，而雲想容一見到他，便立刻上前說道：「師父，弟子想容已經順利完成您交代的任務了！請您放心！」

「為師對妳信心十足，知道妳一定會達成任務的！」柳至禪笑說道。

2・師兄遭遇

「師妹，妳還沒細說你營救大詩人李白的經過，我很想聽聽看整個精彩的過程！」凌絕頂聽完師父的話後，迫不及待地對雲想容說道。

「我也想聽聽看！」獨幽篁也搶著說道。

「其實也沒什麼精彩之處！不如先聽聽兩位師兄的冒險故事，如何？」雲想容坐下來說道。

「我與大師兄已經彼此交換過自己的冒險故事，聽妳的比較有新鮮感！」獨幽篁說道。

「可是，我並沒有聽過啊！師父！要不然這樣子好不好，按照長幼順序來，怎麼樣？」雲想容想到了一個最能讓大家都接受的法子。

「好吧！就聽想容的建議好了！」柳至禪很快就點頭答應了，凌絕頂也跟著點頭答應。

於是凌絕頂就把他如何在武當山遇見飛天魔爪，又如何擊斃飛天魔爪，如何與獨幽篁分手後前往長安營救詩人杜甫的經過，一五一十地告訴了雲想容。

雲想容一聽，驚喜萬分，趕緊說道：「原來大師兄營救杜甫先生的過程如此精采曲折！真是令人敬佩！可是，有一點我不太明白！」

「哪一點師妹不太明白？請直說便是！」凌絕頂說道。

「就是，大師兄為何不將杜甫先生直接護送到鳳翔，而在武功山前就讓他下馬自行去見郭將軍？」雲想容抬頭問道。

「那還不是因為妳的緣故？」凌絕頂露出神秘的一笑。

「因為我的緣故？不會吧？」雲想容聽得一頭霧水。

「那當然！因為我好擔心妳的安危，想趕緊回成都與妳會面！如果見了皇上，他知道我武功高強，想叫我留在他身邊為他效勞，到時我能拒絕嗎？如果當面拒絕，得罪了皇上，豈不自討苦吃？再說，我還得趕回來向師父他老人家覆命呢！」凌絕頂解釋道。

「這樣講還差不多！我可不願背負『貽誤軍機』的罪名呢！」雲想容半開玩笑地說道。

「師妹真會說笑！」獨幽篁也不禁笑了起來。

坐在一旁的柳至禪聽了，也微微一笑。

接著該輪到獨幽篁來敘述他營救詩人王維的經過。可是，他總覺得自己的過程，實在不如大師兄凌絕頂那麼精彩絕倫，因此難以在師妹面前侃侃而談。

然而他知道這是躲不掉的，只好硬著頭皮把他與凌絕頂分手後，如何在羞花崗遇到羞花姥姥與閉月丐翁，在龍門石窟力戰十尊佛像，又如何替王維送血書到皇上肅宗駐所的經過，原原本本地說了出來。

雲想容聽了，也讚不絕口。

3・追問想容

「對了！師妹！我差點忘了一件事！」這時獨幽篁忽想起一件事情來。

「什麼事？」雲想容睜大眼睛問道。

「王維先生為了答謝師父贈送他的兩句金言……」獨幽篁說道。

「哪兩句金言？」等不及獨幽篁把話說完，雲想容就插嘴問道。

「就是『柳弱東風解，梅香瑞雪知。』這兩句話！」獨幽篁答道。

「想必是師父對王維先生的知心之言吧？」雲想容望著柳至禪說道。

柳至禪則笑而未語。

「師妹果然聰慧過人！正因為這兩句話很能打動王維先生的心坎，所以他老人家親自繪了一幅〈雪梅圖〉，要我帶回家送給師父！」獨幽篁說道。

「那幅〈雪梅圖〉在哪？快拿給我瞧瞧！」雲想容迫不及待地想觀賞一下王維的畫作；因為，她知道王維不僅擅長作詩，還擅長作畫。

「就掛在師父的書房裡！師父與大師兄早已看過！」獨幽篁答道。

雲想容聽了之後，於是轉身對柳至禪說道：「師父，弟子能進您的書房去觀賞一下王維先生的〈雪梅圖〉嗎？」

柳至禪點了點頭說：「當然可以啊！」

於是她直奔柳至禪書房，去欣賞王維畫的〈雪梅圖〉。欣賞完之後又回到大廳來跟兩位師兄繼續聊天。

過了一會兒，凌絕頂忽然問獨幽篁：「師弟！我早就想問你：你怎麼也沒去謁見皇上，而是把王維先生的血書直接交給營前侍衛長就走了？難不成你也擔心師妹的安危，想趕快回到成都與她會面？」凌絕頂笑問獨幽篁。

「大師兄，你就別再開二師兄的玩笑了，好不好？」雲想容趕緊插嘴道。

「師兄說得沒錯！我比你更急著想見師妹，瞭解她的安危，才避免與皇上碰面的！」沒想到獨幽篁卻直言不諱地說了出來。

「好啊！我要去皇上那控告你們！判你們倆『欺君大罪』！」雲想容邊說邊笑，其實心裡頭可樂翻天了。

凌絕頂一聽，也揶揄雲想容道：「有本事，妳就去告好了！看看誰會當寡婦？」

「師兄，你就別再逗師妹了！」獨幽篁趕忙來解圍。

「好！玩笑到此為止！想容！他們兩個都說完了！現在該輪到妳來報告了吧！」柳至禪望著雲想容說道。

「是！弟子謹遵師命！按照長幼順序，現在是該由我這位小師妹來跟師父與兩位師兄報告了！」於是雲想容就把她如何在玉女鎮遇到峨嵋老怪，如何在洞庭岳陽樓、衡山魔鏡臺以及潯陽所遇到的驚險事情，都描繪給三人聽。

凌絕頂與獨幽篁聽了之後，互相看了對方一下，即刻露出訝異的表情來。

「真是太不可思議，收穫太大了！我真為妳感到高興！」獨幽篁帶著祝賀的語氣說道。

「師妹，沒想到妳的救援過程比我還精彩萬倍，更得到上官婉兒的珍貴遺作呢！」凌絕頂也笑說道。

這時，柳至禪忽然表情嚴肅地對他們三個說道：「你們先別高興！三個月之後，為師會在凌雲山大佛像之前告訴你們一樁驚人的秘密！」

三人相互望了一眼，都露出了驚訝的表情。雖然他們很想知道到底是甚麼驚人的秘密，可是，師父柳至禪既然已經明說要三個月之後才能揭密，那他們也不敢一直追問下去，只有慢慢等待了。

4．門主揭密

三個月之後，柳至禪果然帶著三位徒弟來到凌雲山大佛像前。

凌雲山大佛也就是四川最有名的石刻佛像——樂山大佛，它位於成都近郊，可以眺望不遠的峨嵋山風景。它從唐玄宗開元初年就開始建鑿，建到肅宗時，雖已建鑿了四十多年的時間，但佛身才建鑿了一半不到。凌雲山上有一座著名的凌雲寺，山下則是洪水滔滔的岷江。

半年多前，當柳至禪帶他們三人一快抵達岷江江心時，凌絕頂望著岩石雕琢的巨大佛像，禁不住讚歎道：「好雄偉高大的佛像啊！只可惜還沒完工，否則必定是天下最大最高的一座石雕佛山啊！」

獨幽篁從未見到如此山佛一體的大佛像，內心也著實震懾不已：望著巍峨的山佛，聽著滔滔的江水聲，他禁不住沉醉在此山光水聲中……

雲想容則抬頭問柳至禪道：「師父！您是要我們飛上大佛像頭上嗎？」

「沒錯！」柳至禪說完，一個箭步就凌空飛到對岸的大佛像頭上，擺出一個金雞獨立的姿勢來。

三人一看，大吃一驚，心想：「那佛像少說也有好幾丈之高，人站在佛頭上，若無絕頂輕功，一不小心就會摔得粉身碎骨的！」一想到這，三人就不寒而慄。

「怎麼樣？敢不敢過來與為師在佛頭上共賞江滔？」柳至禪站在佛頭上大聲疾呼道。

凌絕頂被柳至禪一激，使出渾身解數，飛到了柳至禪身旁，也擺出了金雞獨立的姿勢來。

接著獨幽篁與雲想容也一一飛了上去。

柳至禪見三位弟子的輕功已與自身不分軒輊，便笑著對他們說：「沒想到你們的輕功都已登峰造極，為師感到十分欣慰！」

半年後的今天，二度來到凌雲山大佛像前，三人依然有躍躍欲試的衝動。

凌絕頂豪氣萬狀的說道：「我是大師兄，看我一飛沖天的絕頂輕功！」說完，準備縱身飛上佛頭，可是，任憑他如何使力，卻一步也跨不出去。

獨幽篁與雲想容見狀，十分詫異，也擺出縱身一躍的姿態，然而，跟凌絕頂一樣，試了幾遍也無濟於事。於是三人臉上都露出焦慮與疑惑的表情，都望著柳至禪……

這時，柳至禪對他們三人黯然說道：「你們的武功已經全部消失了！」

「甚麼？武功已經全部消失！這怎麼可能呢？」三人異口同聲的問道。因為前幾個月，他們每天早晨還在峨嵋山練習輕功與氣功呢。

「不僅你們的武功已經全部消失，就連為師的武功也早在半年多前就全部消失了！」柳至禪見三位徒弟失望的表情，便黯然說道。

「為甚麼？」三人急忙問道。

於是，柳至禪便將自己的師承以及至禪奇功的秘密一五一十的告訴了他們三人。

原來，柳至禪本名柳至言，從小就喜歡吟詩。當他七歲時父母雙雙病歿，他聽說山中古廟有一位詩僧叫做「寒山子」，於是他離家拜詩僧寒山子為師，學習作詩；由於寒山子不會武功，他成年後便離開寒山子，進入弔詭門拜門主泉無水為師，結識了師兄簫無管與師姐花無蕊。

他偷偷學習師兄無管吹簫與師姐花葉變色的玄功，甚至還偷窺門主苦心撰寫的「至禪奇功」祕笈，暗地學成後，終於被門主發現而逐出了師門。臨走前，門主曾忠告他說：「至禪奇功雖然可威震武林。然而，修習至禪奇功的一個缺失就是：偷學者一旦到達耳順之年，武功就會全部消失，而且從此再也不能習武！」

多年以來，他都以為這是弔詭門門主在嚇唬他，因此不以為意。誰知就在半年前，也就是他剛滿六十歲時，果然應驗了門主的說法。這也就是他無法親自去護救三大才子，而要改派他們三人去執行任務的主要原因！

「原來如此！」他們三人終於明白了柳至禪無法親自「出征」的原因。他們三人雖與柳至禪共處了十年之久，但，這還是柳至禪第一次親口告訴他們三人他的出身背景與師承關係。

其實，他們三人與柳至禪一樣，都是孤兒。凌絕頂與獨幽篁是九年多前的初春，柳至禪從赤狼谷救回來的小孩；當

時谷中有大人屍體四具，小孩屍體三具，真是慘絕人寰！要是再晚一步的話，凌絕頂與獨幽篁也會被野狼咬死了。

至於雲想容，則是在九年多前的暮春，只有六歲的她隨父母前往洛陽遊歷時，不幸在山路上遇到搶匪，搶匪將她父母劫殺後，正要揮刀砍殺她，這時柳至禪正帶著凌絕頂與獨幽篁前來洛陽遊玩，在山路上目睹此狀，迅速出手將搶匪擊斃，救回了雲想容。奄奄一息的父母臨死前將包袱中的金子交給了柳至禪，托他照料雲想容之後，才閉目去世。柳至禪就是靠著這些金子買下了柳蟬居這棟宅院的。

「可是，師父！弟子們離耳順之年還有數十年之久，為甚麼也會武功盡失呢？」停了一下，凌絕頂忽然用疑惑的眼神問道。

「問得好！這是因為：修習至禪奇功還有第二個缺失，那就是：至禪奇功不可傳授他人，若貿然學習，十年一到，武功就會盡失。你們三人跟為師習武，到今天剛好滿十年，自然就無法施展輕功了！」柳至禪娓娓答道。

凌絕頂一聽之下，變得垂頭喪氣，毫無鬥志。因為，他的武林盟主美夢已經破碎了，他的眼神似乎流露出一股怨懟之情。至於獨幽篁與雲想容二人的反應就沒那麼激動了，他們似乎已接受柳至禪的說法。

柳至禪見狀，於是安慰他們說：「你們三人別洩氣！所謂『失之東隅，收之桑榆。』雖然你們的武功盡失，但是你們的詩才卻可倍增！」

三人一聽此言，即刻露出笑容問道：「為甚麼？」

「這就是至禪奇功的第一個優點：也就是，身懷至禪奇功的人，一旦與詩才極高的才子面對面交談交心之後，便會才思泉湧，詩才倍增！」柳至禪解釋道。

「請問師父，那第二個優點呢？」雲想容急著問道。

「第二個優點就是：可以預知才子後期或晚年的詩作！」柳至禪笑答道。

「再請問師父，要如何才能預知才子後期或晚年的詩作呢？」雲想容追問道。

「必須集中思慮，閉目靜坐十個時辰，方能達到此一高超境界！所以，我們還是立刻返回柳蟬居吧？」柳至禪回答道。

三人點點頭之後，便一塊騎馬隨柳至禪馳騁而去。

5・預知詩作

回到柳蟬居之後，三人立即遵照師命，集中思慮，開始閉目靜坐。此時，峨嵋山前飄起了細雨……

十個時辰之後，三人終於張開了雙眼，說也奇怪，他們的眼睛竟散發出微微的紫光。

這時坐在前端的柳至禪，便問凌絕頂說：「絕頂！你先開始說說杜甫先生後期或晚年的詩作，如何？」

凌絕頂隨即回答道：「據弟子冥想得知，杜甫先生又寫下許多足以流傳千古的詩篇。他的〈新安吏〉、〈石壕吏〉、〈潼

關吏〉、〈新婚別〉、〈垂老別〉、〈無家別〉，把戰爭帶給人民的痛苦刻畫得令人鼻酸；長達八年的安史之亂平定後，他高興得快速寫下了一首〈聞官軍收河南河北〉的七言律詩：『劍外忽傳收薊北，初聞涕淚滿衣裳。卻看妻子愁何在？漫捲詩書喜欲狂。白日放歌須縱酒，青春作伴好還鄉。即從巴峽穿巫峽，便下襄陽向洛陽。』欣喜之情，溢於言表；他的〈月夜憶舍弟〉，寫出了『露從今夜白，月是故鄉明。』這樣的名句；他寫的〈蜀相〉，有『出師未捷身先死，長使英雄淚滿襟。』這樣的痛惜之語；他的〈客至〉，有『花徑不曾緣客掃，蓬門今始為君開。』這樣的佳句；此外，他還寫了一首兩兩對偶，類似律詩的一首七言絕句：『兩個黃鸝鳴翠柳，一行白鷺上青天；窗含西嶺千秋雪，門泊東吳萬里船。』，真是別出心裁的千古絕唱！

更重要的是，他晚年的代表作〈秋興八首〉、〈詠懷古跡五首〉與〈登高〉這些詩篇，使他在七言律詩上的成就已經無人能及。弟子最欣賞的佳句乃是〈登高〉中的『無邊落木蕭蕭下，不盡長江滾滾來。』，現在峨嵋山麓秋風已起，落葉蕭蕭，更讓人感覺到這首詩的悲涼意境。當然，他的〈觀公孫大娘弟子舞劍器行〉那首長詩，更是悲壯頓挫到了極點。讀了這些詩，令人拍案叫絕！杜甫先生晚年病逝於扁舟中。他一生總共寫了一千多首詩！

弟子還知道，杜甫先生會來我們成都浣花溪畔蓋一座草堂，在成都四年會寫出二百四十餘首詩！」

「既然杜甫先生會來我們成都，那你打算去拜會他嗎？」柳至禪笑問道。

　　「師父曾經吩咐弟子拜託杜甫先生不要洩漏至禪門營救才子的任務，所以還是不見面的好！」凌絕頂迅速回答道。

　　柳至禪聽後，點了點頭。接著問獨幽篁：「幽篁！你預知王維先生的後期或晚年詩作又是如何？不妨說來給大家聽聽！」

　　獨幽篁於是說道：「回稟師父！是這樣的：王維先生在弟子冒險將他的血書送達皇上駐所之後，已經發生了關鍵性的作用。本來王維先生在皇上收復長安與洛陽之後，與其他官員一塊被捕入獄，要追究他們的投降安賊之罪。但是，皇上因為讀過他的血書，明白他的一片丹心，所以特別赦免他的降敵之罪。不但如此，還恢復他原來的官職。因此他才有機會寫下『九天閶闔開宮殿，萬國衣冠拜冕旒。』這樣氣勢恢宏的皇宮早朝詩來。此外，他的〈冬晚對雪憶胡居士之家〉一詩，更出現了『隔牖風驚竹，開門雪滿山。』這樣的詠雪佳句。王維先生晚年時信佛信得更勤了，他本想遁入空門，最後還是以居士的身分離開塵世。他一生總共寫了四百多首詩！他寫的山水田園詩，到現在還是令人百讀不厭！」

　　「嗯！現在該輪到想容來談談大詩人李白了吧？」柳至禪望著雲想容笑說道。

　　雲想容隨即回答道：「根據弟子冥想的結果，大詩人李白先生，後來又被人密告他仍有謀反嫌疑，於是被皇上下旨流放夜郎三年。當他到達瞿塘峽邊的白帝城時，突然接到皇上因春天大旱、民不聊生而大赦天下的聖旨。因此在大赦詔書下重獲自由，他也興奮得作出了『朝辭白帝彩雲間，千里江陵一日還；兩岸猿聲啼不盡，輕舟已過萬重山！』這樣的好詩。」

　　「幸好大詩人李白先生重獲自由，要不然師妹武功已廢，想去救他也無能為力了！」獨幽篁忽然插嘴道。

　　雲想容點了點頭後，繼續說道：

　　「李白先生在出獄後以及流放夜郎期間還作了不少詩。〈草書歌行〉便是這一時期的代表作，他推崇僧人懷素獨步天下的草書竟是『墨池飛出北溟魚，筆鋒殺盡中山兔……飄風驟雨驚颯颯，落花飛雪何茫茫……恍恍如聞神鬼驚，時時只見龍蛇走……』，真是神來之筆，不改昔日誇張之風。他年少時曾經雲遊廬山，寫了三首歌詠廬山的名詩，遇赦後重遊廬山，又寫出了『我本楚狂人，鳳歌笑孔丘。手持綠玉杖，朝別黃鶴樓。五嶽尋仙不辭遠，一生好入名山遊。廬山秀出南斗傍，屏風九迭雲錦張，影落明湖青黛光，金闕前開二峰長，銀河倒掛三石樑……』這樣天馬行空的名句，才思依舊不減當年！

　　他最長的一首五言詩〈書懷〉，共有一百六十六句，字數多達八百三十字，堪稱是他的一首明志自傳詩，也是在他遇赦後所寫的。他晚年曾有歸隱峨嵋的念頭，要去水中撈月，結果卻淹死於江心。臨終前晚，他還將自己比作折翼的大鵬，頗有壯志未酬，抑鬱以終的悲痛之情。他跟杜甫先生一樣，這一生也寫了一千多首詩！」

　　聽完三人的預測，柳至禪不禁笑容滿面的說道：「為師相信你們三人的預測都會實現，這也就是至禪奇功最神奇的地方！看來，我大唐詩苑將會是一片欣欣向榮的春景了！」

　　三人一聽此言，臉上都洋溢著興奮的表情。

　　其實，柳至禪還保留了一個秘密未告訴三位弟子，那就是偷學至禪奇功的第三個缺失：耳順之年武功盡失後的第二

年就會毒發身亡。他之所以不敢將此一殘忍祕密當面告訴三位弟子，是怕影響他們這些年輕人的心情！好在，他已寫好了遺書，放在自己的枕頭底下。遺書中道出了至禪奇功的第三個缺失，並建議三人在失去武功又無法習武的情況下，應該隱姓埋名，各立詩門，永遠不提至禪門，以保安全。

6・各立詩門

半年之後，柳至禪果然毒發身亡。三位弟子謹遵師命，各立詩門。

凌絕頂改名為白塵詩，他知道他未來要接觸的一位神童，叫做白居易，他將設法使得白居易成為長篇敘事詩的巨擘……

獨幽簹改名為杜逸詩，他知道他未來要接觸的一位神童，叫做杜牧，他將設法使得杜牧成為長篇五言古詩的大將，而且跟王維一樣，是位傑出的書法家……

雲想容則改名為李夢詩，她知道她未來要接觸的一位神童，叫做李商隱，她將本著「至禪去禪，至題去題」的精神，設法使李商隱成為無題詩的創始人。當然，她更知道，她與獨幽簹共結連理之後，他們的子女自然也成為「入室」弟子……

因為，這就是至禪奇功的第三個優點：當至禪奇功消失半年之後，便可以預知自己未來的詩門弟子。而這個祕密卻是柳至禪所不知道的！

〔**全文完**〕

後記

　　所謂「漢賦、唐詩、宋詞、元曲」，幾乎每一朝代都有每一朝代的文學特色。唐朝以詩為其「文學地標」，不是沒有原因的。

　　《中國文學發展史》指出：「唐朝是中國詩歌史上的黃金時代。形式方面，無論古體絕律，無論五言七言，都由完備而達全勝之境。內容的豐富，風格的多樣，派別的林立，思潮的演變，呈現著萬花撩亂的景象……詩歌在唐朝成為一種最普遍的文學形式，不只是少數文士的專利品。」說得再誇張一點，唐朝是個「全民皆詩人」的大時代。

　　《全唐詩》所收錄的詩共二千餘家，而元朝詩家辛文房的《唐才子傳》則「記述了將近四百位唐代詩人的事蹟。」

　　根據《唐才子傳》的記載，唐朝帝王幾乎都愛讀詩、寫詩，而以詩取士的政策，更助長了詩的蓬勃發展。在此種詩風氾濫之下，有人終日吟詩已達廢寢忘食的地步，有人吟詩不顧妻兒，更有人因索詩未成憤而殺死親人。詩迷、詩癡之多，行徑之「瘋狂」，真令人不可思議。

　　在辛文房的眼裡，似乎只有詩人才配稱為「才子」；才子雖享有崇高的地位，但往往也因「恃才傲物」，遭人記恨或不得人緣，成為一生憾事。

　　本書取名《大唐才子蒙難傳奇》，靈感便是來自於《唐才子傳》這本古書。而沒有李白、杜甫與王維這三大詩人的「啟發」，就不會有這部小說。

　　記得筆者就讀中文系時，特別喜歡「詩選」這門課程，從這門課程學到了創作古詩的技巧，更培養了閱讀古詩的濃厚興趣；這對筆者撰寫本書應該是「大有助益」的！

　　本書是一部寫給喜歡唐詩的讀者看的**文學史小説**，也是筆者撰寫的第三部歷史小説。既然此書列入「三部曲」之三，就表示筆者不會再撰寫第四部歷史小説了。

　　筆者雖然在唐詩之外添加了一些禪宗與武俠的情節，但那些情節與筆者第一部歷史小説《秦始皇奪寶秘史》一樣，只是「陪襯」而已；因此故事到結尾時，自然要彰顯出「廢武崇詩」的旨意了。

　　讀者若是覺得中國文學史之類的教科書太過「嚴肅」的話，或許可將本書當作唐朝文學或唐代詩壇的一段「軼事」來閱讀。

　　2015 年初稿完成之後，「冷藏」了一段時間，發現了一些大問題，於是又繼續修訂內容，才算「定稿」。

　　為了增添本書的「文學意味」，定稿特別附錄了〈詩仙李白五言詩寫景對句選粹〉與〈寒山詩疊字對句選粹〉兩篇文章，以饗讀者。

　　特別要一提的是，李白的五言樂府詩〈靜夜思〉：「床前明月光，疑是地上霜；舉頭望明月，低頭思故鄉。」是一首家喻戶曉的名詩，連三歲兒童都能朗朗上口，這當然要歸功於清朝《唐詩三百首》（西元 1763 年）的收錄。

　　不過，早於《唐詩三百首》的清朝《全唐詩》（西元 1705 年），卻是沿用北宋郭茂倩（1041-1099）所編《樂府詩集》

裡收錄的：「床前看月光，疑是地上霜；舉頭望山月，低頭思故鄉。」

當然，有關〈靜夜思〉原文的爭議一直未停，而筆者在本書中採用的乃是《全唐詩》收錄的詩句。

最後，筆者要感謝自己所參考過的一些「史料」，特別是郁賢皓的《新譯李白詩全集》、陳鐵民的《新譯王維詩文集》、張忠綱等人的《新譯杜甫詩選》以及康震的《詩聖杜甫》這四本書，有了它們當「養分」，才能使這部**文學史小說**順利「開花結果」。

——2023 年於慕中齋

參 考 古 籍

1. 舊唐書

2. 新唐書

3. 唐才子傳

4. 全唐詩

5. 唐詩三百首

6. 增廣詩韻集成

7. 六祖壇經

附錄一：詩仙李白五言詩寫景
對句選粹

一、春景

001 柳色黃金嫩，梨花白雪香。〔宮中行樂詞八首其二〕

002 煙花宜落日，絲管醉春風。〔宮中行樂詞八首其三〕

003 繡戶香風暖，紗窗曙色新。〔宮中行樂詞八首其五〕

004 寒雪梅中盡，春風柳上歸。〔宮中行樂詞八首其七〕

005 宮鶯嬌欲醉，簷燕語還飛。〔宮中行樂詞八首其七〕

006 開窗碧嶂滿，拂鏡滄江流。〔憶襄陽舊遊贈濟陰馬少府巨〕

007 樹樹花如雪，紛紛亂若絲。〔望漢陽柳色寄王宰〕

008 谷鳥吟晴日，江猿嘯晚風。〔江夏別宋之悌〕

009 山隨平野盡，江入大荒流。〔渡荊門送別〕

010 月下飛天鏡，雲生結海樓。〔渡荊門送別〕

011 千巖泉灑落，萬壑樹縈迴。〔送友人尋越中山水〕

012 湖清霜鏡曉，濤白雪山來。〔送友人尋越中山水〕

013 浮雲遊子意，落日故人情。〔送友人〕

014 日落看歸鳥，潭澄憐躍魚。〔送別〕

015 看花飲美酒，聽鳥臨晴山。〔錢校書叔雲〕

016　山明月露白，夜靜松風歇。〔遊泰山六首其六〕

017　池開照膽鏡，林吐破顏花。〔宴陶家亭子〕

018　綠水藏春日，青軒秘〔隱〕晚霞。〔宴陶家亭子〕

019　海風吹不斷，江月照還空。〔望廬山瀑布二首其一〕

020　猿嘯風中斷，漁歌月裡聞。〔過崔八丈水亭〕

021　山花如繡頰，江火似流螢。〔夜下征虜亭〕

022　雪照聚沙雁，花飛出谷鶯。〔荊門浮舟望蜀江〕

023　江寒早啼猿，松暝已吐月。〔…登巫山最高峰…〕

024　薔薇緣東窗，女蘿遶北壁。〔春歸終南山松龍舊隱〕

025　香雲隔山起，花雨從天來。〔尋山僧不遇作〕

026　手舞石上月，膝橫花間琴。〔獨酌〕

027　長空去鳥沒，落日孤雲還。〔春日獨酌二首其二〕

028　撥雲尋古道，倚樹聽流泉。〔尋雍尊師隱居〕

029　花暖青牛臥，松高白鶴眠。〔尋雍尊師隱居〕

030　流鶯啼碧樹，明月窺金罍〔酒樽〕。〔對酒〕

031　野竹分青靄，飛泉掛碧峰。〔訪戴天山道士不遇〕

032　青山映輦道，碧樹搖煙空。〔效古二首其一〕

033　雪霽萬里月，雲開九江春。〔避地司空原言懷〕

二、夏景

034　波光搖海月，星影入城樓。〔宿白鷺洲寄楊江寧〕

035　竹色溪下綠，荷花鏡裡香。〔別儲邕之剡中〕

036　人乘海上月，帆落湖中天。〔尋陽送弟昌岠鄱陽司馬
　　　　　　　　　　　　　　　作〕

037　松門拂中道，石鏡迴清光。〔尋陽送弟昌岠鄱陽司馬
　　　　　　　　　　　　　　　作〕

038　鳥吟簷間樹，花落窗下書。〔金門答蘇秀才〕

039　緣谿見綠條〔竹〕，隔岫窺紅蕖〔荷〕。〔金門答蘇秀
　　　　　　　　　　　　　　　　　　　才〕

040　月出石鏡間，松鳴風琴裡。〔金門答蘇秀才〕

041　岸迴沙不盡，日映水成空。〔流夜郎至江夏…〕

042　天樂聞香閣，蓮舟颺晚風。〔流夜郎至江夏…〕

043　清湍鳴迴溪，綠水遠飛閣。〔遊水西簡鄭明府〕

三、秋景

044　秋花冒綠水，密葉羅輕煙。〔古風五十九首其二十六：
　　　　　　　　　　　　　　　碧荷生幽泉〕

045　霜被群物秋，風飄大荒寒。〔古風五十九首其三十九：
　　　　　　　　　　　　　　　登高望四海〕

046　風吹寒梭響，月入霜閨悲。〔獨不見〕

047　螢飛秋窗滿，月度霜閨遲。〔塞下曲六首其四〕

048　山鳥下廳事〔堂〕，簷花落酒中。〔贈崔秋浦三首其一〕

049　天開白龍潭，月映清秋水。〔自梁園至敬亭山見會公談陵陽山水〕

050　竹影掃秋月，荷花落古池。〔贈閭丘處士〕

051　風入松下清，露出草間白。〔淮南臥病書懷〕

052　清輝映水竹，翠色明雲松。〔夕霽杜陵登樓寄韋繇〕

053　水寒夕波急，木落秋山空。〔秋夜宿龍門香山寺〕

054　松風清瑤瑟，溪月湛芳樽。〔聞丹丘子於城北山營石門幽居…〕

055　月隨碧山轉，水合青天流。〔月夜江行寄崔員外宗之〕

056　沙帶秋月明，水搖寒山碧。〔經溪南藍山下…〕

057　水色倒空青，林煙橫積素〔積雪〕。〔早過漆林渡寄萬巨〕

058　潭落天上星，龍開水中霧。〔早過漆林渡寄萬巨〕

059　山將落日去，水與晴空宜。〔秋日…亭上宴別…〕

060　雲歸碧海夕，雁沒青天時。〔秋日…亭上宴別…〕

061　碧雲歛海色，流水折江心。〔送麴十少府〕

062　秋山宜落日，秀水出寒煙。〔同吳王送杜秀芝舉入京〕

063　水宿五溪月，霜啼三峽猿。〔送趙判官赴黔府中丞叔幕〕

064　片石含青錦〔青苔〕，疏楊掛綠絲。〔…遊昌禪師山池二首其二〕

065　地遠松石古，風揚絃管清。〔九日〕

066　天長落日遠，水淨寒波流。〔登新平樓〕

067　秦雲起嶺樹，胡雁飛沙洲。〔登新平樓〕

068　霧浩梧楸〔梧桐楸樹〕白，霜催橘柚黃。〔秋日登揚州
西靈塔〕

069　山青滅遠樹，水淥〔綠〕無寒煙。〔秋登巴陵望洞庭〕

070　雁引愁心去，山銜好月來。〔與夏十二登岳陽樓〕

071　水閑明鏡轉，雲繞畫屏移。〔與…剪落梧桐枝…〕

072　人煙寒橘柚，秋色老梧桐。〔秋登宣城謝朓北樓〕

073　霜威出塞早，雲色渡河秋。〔太原早秋〕

074　杳杳山外日，茫茫江上天。〔郢門秋懷〕

075　隴寒唯有月，松古漸無煙。〔過四皓墓〕

076　天清遠峰出，水落寒沙空。〔峴山懷古〕

077　淥水絕馳道，青松摧古丘。〔月夜金陵懷古〕

078　龍笛吟寒水，天河落曉霜。〔陪宋中丞武昌夜飲懷古〕

079　客散青天月，山空碧水流。〔謝公亭〕

080　高松來好月，空谷宜清秋。〔尋高鳳石門山中元丹丘〕

081　月銜樓間峰，泉漱階下石。〔日夕山中忽然有懷〕

082　霜清東林鐘，水白虎溪月。〔廬山東林寺夜懷〕

083　地形連海盡，天影落江虛。〔秋日與張少府…〕

084　黃雲結暮色，白水揚寒流。〔江上秋懷〕

085　蘿月掩空幕，松霜皓前楹。〔秋夕書懷〕

086　風悲猿嘯苦，木落鴻飛早。〔…臨洞庭言懷作〕

087　白沙留月色，綠竹助秋聲。〔題宛谿館〕

088　白露濕螢火〔蟲〕，清霜凌兔絲〔草〕。〔代秋情〕

四、冬景

089　驚沙亂海日，飛雪迷胡天。〔古風五十九首其六：代馬
　　　　　　　　　　　　　　　　　不思越〕

090　積雪明遠峰，寒城鎖春色。〔酬坊州王司馬…〕

091　千峰照積雪，萬壑盡啼猿。〔與周剛清溪玉鏡潭宴別〕

092　山光搖積雪，猿影掛寒枝。〔遊秋浦白笴陂二首〕

附記：在唐朝詩人中，李白向有「詩仙」之美稱。關於李白
　　　在詩歌方面的造詣，討論的人已經甚多，筆者特別針
　　　對李白在描寫景物方面的才華，從一千首五言詩中挑
　　　選出九十二則與四季景物有關的精彩對句〔對偶句
　　　子〕，藉以印證這位「詩仙」之不凡詩才並賦詩讚頌
　　　道：「月下獨酌百花開，廬山清風正徐來；麗詞佳句源
　　　源見，不愧大唐第一才！」〔李白詩句參引郁賢皓注
　　　譯《新譯李白詩全集》一書〕

　　　從這九十二則對句的「大數據」中，可以發現：春景
　　　三十三則，夏景十則，秋景四十六則，冬景四則；換
　　　言之，秋景最多，次為春景，冬景則最少。筆者認為

田園詩人王維之所以被蘇軾稱為「詩中有畫」，主要原因是他擅長用詩描寫景物的緣故。有景物（山水、氣象、動、植物等等）方有動人的「畫面」（顏色、形狀），這麼看來，李白的寫景詩也可稱之為「詩中有畫」了。

〔關慕中，2023〕

附錄二：寒山詩疊字對句選粹

一、雙疊對句

001　石**磊磊**，山**隩隩**。（三字詩）

002　幽澗常**瀝瀝**，高松風**颼颼**。

003　溪長石**磊磊**，澗闊草**濛濛**。

004　櫻桃紅**爍爍**，楊柳正**鬖鬖**。

005　月照水**澄澄**，風吹草**獵獵**。

006　松月**颼颼**冷，雲霞**片片**起。

二、四疊對句

001　青蘿疏**麓麓**，碧澗響**聯聯**；
　　　騰騰且安樂，**悠悠**自清閑。

三、八疊對句

001　**杳杳**寒山道，**落落**冷澗濱；
　　　啾啾常有鳥，**寂寂**更無人。
　　　淅淅風吹面，**紛紛**雪積身；
　　　朝朝不見日，**歲歲**不知春。

002　獨坐常**忽忽**，情懷何**悠悠**；
　　　山腰雲**縵縵**，轂口風**颼颼**。
　　　猿來樹**裊裊**，鳥入林**啾啾**；
　　　時催鬢**颯颯**，歲盡老**惆惆**。

附記：疊字是中文修辭的一大特色。《詩經》一開始的「關關
雎鳩，在河之洲；窈窕淑女，君子好逑。」其中，形
容鳥語的「關關」兩字便是疊字。所謂「疊字」，意思
就是，緊鄰的兩字發音必須「同音」，字體必須「同形」。
換言之，「疊字」就是一對「文字連體嬰」。

一般說來，詩句的「疊字」句可分為「單疊句」與「多
疊句」兩大類。像「關關雎鳩，在河之洲；窈窕淑女，
君子好逑。」這整句詩中，只有一句有「疊字」，這就
叫做「單疊句」；若是整句詩中出現兩句以上的不同「疊
字」，那就叫做「多疊句」。而「多疊句」經常以「對
偶句」的形式出現，唐代詩僧寒山的詩作中，便有幾
首「漂亮」的「疊字對句」：其中，「雙疊對句」有六
首，「四疊對句」有一首，「八疊對句」有兩首。

在本書中，至禪門門主柳至禪曾經拜寒山為師，學習
作詩。那麼寒山究竟是何人？他的影響力又如何呢？
根據專家的研究，他因為考試多次落榜，受到家人冷
落、妻子疏遠，憤而在三十而立之年出家，隱居在浙
東天臺山寒岩，故號「寒山子」。據說他活了一百多歲，
堪稱是一位長壽的出家人。他喜歡在壁岩上題詩，一
生寫了三百多首詩（收錄在《全唐詩》中），有的詩很
白話、「俗氣」，如「豬吃死人肉，人吃死豬腸；豬不
嫌人臭，人反道豬香。豬死拋水內，人死掘土藏；彼
此莫相啖，蓮花生沸湯。」有的詩卻很優美，如本附
錄所蒐集的疊字對句寫景詩便是。他寫詩不講對仗，
不重平仄，受到批評也不在乎，因此被人視為「怪僧」、
「瘋和尚」。

　　有學者推崇寒山詩是中國古代詩國中的一朵奇花，宋朝以後受到詩人文士的喜愛與模仿。他的詩有不同文字的譯本，近代以來更瘋迷日本與歐美讀者，這大概是他作夢也想不到的事情吧！

〔關慕中，2023〕

☉附錄二：寒山詩疊字對句選粹☚

國家圖書館出版品預行編目（CIP）資料

大唐才子蒙難傳奇／關慕中　著－初版－
臺中市：天空數位圖書　2023.10
面：14.8*21 公分
ISBN：978-626-7161-77-7（平裝）
863.57　　　　　　　　　　112016504

書　　　名：大唐才子蒙難傳奇
發 行 人：蔡輝振
出 版 者：天空數位圖書有限公司
作　　　者：關慕中
美工設計：設計組
版面編輯：採編組
出版日期：2023 年 10 月（初版）
銀行名稱：合作金庫銀行南台中分行
銀行帳戶：天空數位圖書有限公司
銀行帳號：006－1070717811498
郵政帳戶：天空數位圖書有限公司
劃撥帳號：22670142
定　　　價：新台幣 400 元整
電子書發明專利第　I　306564　號

服務項目：個人著作、學位論文、學報期刊等出版印刷及DVD製作
影片拍攝、網站建置與代管、系統資料庫設計、個人企業形象包裝與行銷
影音教學與技能檢定系統建置、多媒體設計、電子書製作及客製化等
TEL　：(04)22623893　　　　MOB：0900602919
FAX　：(04)22623863
E-mail：familysky@familysky.com.tw
Https：//www.familysky.com.tw/
地　址：台中市南區忠明南路 787 號 30 樓國王大樓
No.787-30, Zhongming S. Rd., South District, Taichung City 402, Taiwan (R.O.C.)